《中国诗歌2014年度诗选》编委会

《中国诗歌2014年度诗选》编委会

顾　问：吉狄马加（著名诗人，中国诗歌万里行组委会主任）
晓雪（著名诗人，中国诗歌万里行组委会主任）
张黎（上将）
曾凡华（著名诗人，中国诗歌学会副会长，线装书局总编辑）

主　任：叶延滨（中国诗歌万里行组委会副主任、中国作家协会诗歌专业委员会副主任、中国诗歌学会副会长）

副主任：祁人（中国诗歌万里行组委会副主任兼秘书长）
唐毅（遂宁日报报业集团纪委书记、《华语诗刊》主编）

编　委：爱斐儿　北　塔　陈泰灸　程　维　楚天舒　冬　箫　方文竹
高旭旺　龚学敏　洪　烛　李　皓　李　犁　李少君　李秀珊
李永才　李自国　梁　平　芦苇岸　倮　倮　潘虹莉　丘树宏
舒　洁　谭五昌　王明韵　夏海涛　潇　潇　谢克强　许晓宇
闫　志　雁　西　杨　克　杨北城　张　况　张德明　周庆荣
周占林

主　办：中国诗歌万里行组委会　《华语诗刊》编辑部
协　办："为你读诗"客户端
主　编：李犁　周占林

中国诗歌

2014年度诗选

主　　办：中国诗歌万里行组委会

《华语诗刊》编辑部

协　　办：为你读诗客户端

主　　编：李犁　周占林

线装书局

缺“火”的诗坛

——当下诗歌现状分析

李　犁

当下的诗歌是近三十年来最平静也最繁荣的时期，各种流派相互宽容，并开始了融合与创新。但是在文本进步的同时，另一种忧虑涌上心头，那就是过分的个人化和反崇高，让诗歌格局变小，同时伴有软冷乱。诗歌中没了志向和情怀，自然就多了冷漠和灰暗。所以我说这是一个缺火的诗坛，没有了熊熊大火，诗歌也就没有了气血贲张和荡气回肠。火即情怀，包括情怀派生出来的理想、道义、激情以及侠肝义胆。所以诗坛需要情怀之火烧出对人性的大体恤，生命的大关怀大温暖的作品。情怀看似很大，其实很小，小到看不见，而像一种气体弥漫在诗人的身心里。一声叹息，一滴眼泪，对卑微者深情地一瞥，对邪恶者愤怒地一瞪，都是情怀本能的显现。所以陆机在《文赋》中对作家提出的重要要求就是：“心凛凛以怀霜，志眇眇以凌云。”现在诗歌忽视了志，过分强调智，结果只能是技术上升，格调下降。所以诗歌不能抽离情怀，呼唤情怀就是要点燃诗歌中的大火，并让它照亮诗坛。

为了避免概念化，下面结合诗歌的文本实践谈谈当下诗歌应具备的五种“火”。

淬火：“我咽下一枚铁做的月亮”

标题引用的是曾经给香港富士康打工的青年许立志写的诗歌，诗的前半段是“我咽下一枚铁做的月亮／他们把它叫作螺丝//我咽下这工业的废水，失业的订单／那些低于机台的青春早早夭亡//我咽下奔波，咽下流离失所／咽下人行天桥，咽下长满水锈的生活……”读这样的诗歌，很多人的心像被针扎了一样。这是一颗单纯的心被冷硬的工业齿轮啃噬时的呼喊，是一个无产者为了谋生甘愿被海外资本家榨取生命的真实控诉。这样的诗句犹如烧红的铁投到冷水里，那疼痛时冒出的丝丝烟缕和嗞嗞声响都是自动生成的，而非那些隔靴挠痒的无病呻吟。所以真正的诗歌源自于心灵，是心灵被刮下来的血和肉，是生命上生发出来的新生命，有着真切的灼烈感。淬火，强调的就是生命与现实遭遇、碰撞的瞬间迸放出的火花和感知，是滚热的心在现实中冷却显形的过程。所以淬火的诗歌核心是真，真的事实，真的感觉。写淬火的诗歌就要剔除诗歌中虚妄的东西，让诗歌攥紧，像金属在浓缩和凝聚，挤出所有的杂质，让钢变得纯粹和坚硬。整个写诗的过程就是提纯的过程。

本来真实是诗歌也是做人的一个基本常识，但是后来却被诗人给弄丢了，而且诗人名气越大诗歌越空洞。相反在一些声名不太显赫的诗人作品里，却常常感受到快刃剔骨般的真实和直接。譬如最近走红的余秀华的诗歌："他揪着我的头发，把我往墙上磕的时候／小巫不停地摇着尾巴／对于一个不怕疼的人，他无能为力"。不管她的诗歌争议有多大，但是你必须承认她诗歌中的淬火感，一种冷与热相撞时灵魂的不寒而栗。同样揭皮般疼痛和真切的还有何三坡的《姐姐》："那个生养了5个孩子，总被姐夫打倒／又爬起来的人／是我的姐姐……//那个像一株茅草／一阵风就吹倒在田里的人／是我的姐姐／生病了，在医院门外站一会儿／她就回了家"。无独有偶，颜梅玖（玉上烟）有一首写《哥哥》的："……你说你恨极了我高傲的样子／哥，不是我有意抬高视线／哥，我一低头／眼泪就流出来了"。一个姐姐一个哥哥，他们都是自己的手足，面对亲人，诗歌的触角自然会深入到骨肉中，不仅真，而且情入骨髓。只是前者是白描，后者是倾诉；前者是典型性，后者是个人化。同样的疼痛，与前面的许立志和余秀华的诗歌比，他俩的诗歌多出一层对他人的关怀和深情，这就增加了命运的深厚感和广泛性。

这就是情怀在潜移默化地左右着诗人的写作。有情怀的诗人能从自己的疼痛上升到同情别人的泪，甚至推及更大的空间和更广的人群。这就让诗歌有了悲悯，有了辽阔。例如李南有一首诗叫《我去过许多地方……》，在写了爱庄稼农舍、方言和农民后，她写道："这就是我的祖国：／迷信和战争走过它每一寸肌肤／这就是我的人民：／在风中，他们命若琴弦"。诗歌像挖掘机在开掘，一下下，在深入在逼近核心，最后把真相端出来。这里诗歌是倾吐，也是凝聚；是温软的泪水，也是冷硬的铁。诗歌的形成过程，就是把自己情感的烧热，再经过锻打，把滚热的情感放进冷静的理性之水里淬火成型，最后就成了尖锐的剑，或者子弹，直指心灵。

所以，淬火的诗歌都伴随着思考并最终走向思想，也只有抵达了思想，诗歌才有了骨骼，有了心脏，有了品格，才称其为真正的诗歌。因为诗歌是诗人对世界的态度和看法，好的诗歌必须从真实中抠出真理，把存在引入到哲学的高度，诗歌形而上的解谜功能就在于此。所以陆健在他的长诗《美轮美奂小诗人之歌》中用理性为现实号脉："诗歌的手臂已经脱臼／她扶不起那个叫作现实的大脑袋

/人民被催肥，肚腹里装满困顿、焦躁/肠胀气、前列腺炎，等等。但人民/还没胖到不会游泳也沉不下去的程度……唯有自尊，说出来我就自责就想哭/唯有自尊像一块还不太脏的粗布/我们用它做成旗子还是做成短裤？”这是从现实中淬火出来的大地之痛，时代之痛，更是诗歌之痛。它太大了，大到整个存在都充满了痛感；它又太小了，小到只剩下了针尖要挑破这个虚肿的时代。这是用理性来统摄纷繁的世界，也是用形象来化解抽象的认知。诗歌在这里是一剂药，更是一柄剑，它们一起为这个浓胀的时代放血、消炎，让社会重回理性和道德。在犀利和沉痛的背后是诗人深沉的爱和终极体恤。

因此，淬火的诗歌就是写诗人对生命和现实的疼和爱，还有忧与乐。不论淬火之诗是痛还是怒，诗人写作的起源都是爱，最终还是要走向爱。真实是诗人之爱的第一步，而将爱推向更广远的时空，将是诗歌更高的追求。这就引出了本文的第二节——

炉火：“把我眼中的灯盏取走”

写下炉火两个字，我情不自禁想起很多年前读到的李南题为《呼唤》的一首诗：“在一个繁花闪现的早晨，我听见/不远处一个清脆的童声/他喊——“妈妈！”/几个行路的女人，和我一样/微笑着回过头来/她们都认为这声鲜嫩的呼唤/与自己有关//这是青草呼唤春天的时候/孩子，如果你的呼唤没有回答/就把我眼中的灯盏取走”。这是一首被爱照耀得内外通透的诗。即使是严冬，读着它，也会有炉火在血管里流淌。一股暖流会从内向外蔓延，直到冰雪消融，包括万物之间的屏障和距离，人与人之间的误解和雾霾。这一切都归于也集中在听见了孩子的呼唤，几个女人转过头来的一瞬间。这是诗意从庸常的生活中耸起的瞬间，是炉火被点燃，爱的嫩芽在绽放，整个世界被制纯且温暖又柔软的瞬间。以至于二十多年过去，我一直记得初读此诗的感觉，那恰是无数的火焰在心里扑棱着翅膀，犹如早春的麦苗一夜间覆盖了无垠的大地。

我冗长地写对这首诗的感觉，是想说明具有炉火般品质的诗歌魅力，这也是一种情怀，是情怀的潜动力让炉火自然地发热，并催生着诗歌自动地绽开。所以有着炉火一样情怀的诗人，都对万物怀有虔敬之心，并保持着明亮的心态。让温暖日常化经常化，把感动感恩融化在平常生活的举手投足之间，并成为一种习性和习惯，而不是专门在特殊的时间和事件上才特意地让自己伟大地点燃。怀揣这样的胚胎，诗人们会激动兴奋，随时能发现诗，也随时能诗，随时把热量传播出去。

诗人郭晓琦就是在这样情绪的鼓动下，发现了《一个瞎子的美好春天》："……一个瞎子，他感觉到他的老骨头/也有了拔节的声响——/他感觉到，有一条刚刚睡醒的河流/盲目、冲动/在他的身体里横冲直撞——//整个春天，一个瞎子喋喋不休/他指着头顶，对靠在墙根的几个老伙计/大声嚷嚷：你们看看，看看/这春天的天空，蓝得多像天空——"

一个瞎子怎么能看见天空的蓝？这无疑是幸福的通感在濡染。这是一个瞎子的美好春天，更是诗人身体里横冲直撞的热情和炉火在繁衍和外化。读这样的诗歌，会浑身发热，内心亮堂。这就是正能量，这在冷酷又冷漠泛滥的诗坛显得弥足珍贵。每个写诗之人应当珍惜，并对美好和万物永葆敬爱敬畏之心。诚如徐俊国在《一个早晨》中写的："……如果碰见一条小河/要跪下来　要掏出心肺并彻底洗净/如果非要歌颂　先要咳出杂物　用蜂蜜漱口/要清扫脑海中所有不祥的云朵/还要面向东方　闭上眼/要坚信太阳正从自己身体里冉冉上升"。这是对待美好的态度，谨慎还要虔敬。因为美如神，圣洁不可亵玩，这也给出了保持炉火燃烧不灭的条件和理由。同时也给炉火的诗歌加重了颜色，让爱意奔流的诗歌有了深沉和思考。因为温暖不能盲目，明亮也不能轻浮。爱意中要有方向，热量里更要蕴含能量。因此诗人不能被炉火烤昏了头脑，要爱得合理，暖得有理。这一切一定要在诗中加进思，而思一定要思本质，思情感和生存之根。所以李南在《羞愧》中写道："……羞愧啊！面对古老……的国土/我本该像杜鹃一样啼血……"。如果对祖国没有深入骨髓的爱，无法写出这样啼血的文字。诗人通过这样的诗句在自责自省，更是自救。这是炉火在冒烟，爱得已经疼了，痛了，病了！再看陆健的诗歌："……把爱接通到人心里去，以免缺血/紊乱、梗死。接通到企业、机关里去/单位也许就开始有点人的样子//有爱的人是从内向外的美，尽管遭到/权力和金钱诋毁。政府如果无法让爱像/货币一样流通，它就该天天给自己放假……"这是继续给诗歌里加思，给炉火中加煤，加镭，不仅让火大起来，还让它有爆炸的可能。诗歌不仅暖人烤人，还给人方向和力量。诗歌也因思的加重变得深厚而寥廓。

所以写炉火的诗歌不只是让自己温暖，更要越过自己去关怀别人的苦难和不幸，对小人物和弱者的同情，对不公平和非正义的谴责，让炉火的诗歌绽放出人道主义色彩，也让这些诗歌有了棉衣披身的大温暖。例如林雪有首《电话》，通过一个独眼建筑工人给家里打电话来展示他真实的生活。他每一句都是我过得很好，吃得好，住得好，挣得多。但每一句"好"之后，诗人都把真实的生活剖开给大家看：吃的是难闻的清汤寡水，住的是蚊蝇成群又漏雨的工棚，挣多少看不见，反正是面容憔悴形如枯槁。这样的诗歌宛如利刃刮骨，一刀一刀下去，最后剜出你的心。在不动声色的叙述中让你的眼泪一点点积聚，最后泪如泉涌。

把泪水献给与自己毫不相干的人，就是悲悯情怀，就是让诗歌与生养我们的大地接壤，就是让诗歌主动与苦难肝胆相照。这就引出第三节——

烈火："有一种疼穿骨而来"

"有一种疼穿骨而来！"这是诗人王鸣久的一句诗。那年新华社报道，一个三岁的小女孩，妈妈由于吸毒被警察抓走，她苦苦恳求把女儿送到姐姐家安置，几名当事警察麻木不仁，玩忽职守，致使独锁在家的小女孩被活活饿死。面对这种不该发生的惨剧，诗人感到有一种疼穿骨而来，他的怒火终于冲破理智和诗歌的堤坝："她渴死在一个雨水充沛的夏季／她饿死在一个稻香千里的夏季／不是天下无粮天府无米天灾无敌／不——是！你看／满大街的人川流不息／行走在饱嗝儿声里／她只是被粮食和水一齐忘记！"诗人写到女孩临死的一幕，一怀深深怜惜，满腔悲痛交加："然而，这是个多懂事的孩子啊／最后的时光最后的现场／她仍然用洁白的手纸把尿水托上／最后的心灵天真无邪／她不想把世界弄脏"。我想，只要有点良知的人，没有谁不被这样的诗歌所震撼，所击穿。不流泪者，可能在流血。诗人就是用这些刀一样的语言，一层层将残酷的现实剥开，让我们在血淋淋的事物面前沉默着，清醒着，反思着，恨着，爱着！

这就是烈火一样呼啸的诗歌，这就是诗歌的肝胆。所谓侠肝义胆，我更喜欢"义"的部分，"义"代表着挺身而出，奉献和牺牲。这种精神浇灌在诗歌里，就是钙和钢，这就是对软绵绵油腻腻的诗坛的一种补充。我也反对诗人态度暧昧，行为畏葸，一味地把诗歌往没有人烟没有风雨的城堡里带。必须重提诗歌的现实性，诗歌的批判精神，这不是复辟，而是恢复和回归诗歌的伦理，诗歌的烈火精神。而且要经常化平常化，并时刻保持敏感和敏锐性，只要那些非正义的现象一有风吹草动，诗人内心的烈火就腾地烧起来。沈浩波有一些即时即景即记的诗，我个人非常喜欢。它们表现了诗人时刻都保持着的正义感和写作状态，漫不经心之间，手起刀落，干净利索。这也说明哲学家靠理性来推论出真，诗人则是用直觉闪电一样洞穿本质，揪出灵魂。沈浩波创作了许多现实性和批判性的作品，一律直接简洁，而且准确迅捷。他把语言当剑，啪啪几下挑开外衣，让真相显露。从这个角度来说，沈浩渡更像一个游侠，游走在人间，遇到非人性的事与物，随时赐之以飞镖和子弹。所以对沈浩波诗歌的争论不是因为口语，甚至不是下半身，而是他诗中的快刃和锋芒，他的爱谁谁，他的火力之猛和一个都不放过并诛之的态度。说到底，沈浩波以及具有现实批判精神的诗人的作品就是药品，他们用诗歌给迷茫的世界和病态的人生医病，所以这些诗歌都具有启蒙的功效，他们是通过揭穿谎言和表现人性的丑陋来医治有了病菌的人类。通过人类之殇，让人类从彻骨的痛中涅槃。

所以，以思辨为长项的诗人陆健发出这样的呼喊和呼救；“假如一个民族优秀的大脑接踵病变/蛛网萦结，堕落倾圮，谎言恣肆/一个民族就到了最危险的时候//假如商人愈加贪婪无忌且愚蠢/试图在每张钞票上写下自己的名字/一个民族就到了最危险的时候//假如人民以自己是人民感到耻辱/蚂蚁在树洞里不再思想劳动/一个民族就到了最危险的时候”。与沈浩波的感性以及小快灵的散打方式相比，陆健更擅长用理性来推理，他的批判链条上的理论依据有政治、经济、社会、哲学等，他批判的对象也不是具体的人和事，而是整体的一种现象和倾向。所以他的烈火燃烧的面积大而深广。

另一方面，烈火的诗歌不仅烧别人，有时也烧自己，对自己解剖，自我批判也毫不留情。譬如毛子的《忏悔》“我穷。/说过谎。/八岁时偷过父亲的钱。至于我拖欠的命，有青蛙、蚂蚁、麻雀/和跟随我多年的一条狗。/20岁进工厂，我嘲笑过一个喜欢我的女孩/原因是她丑。/95年在郑州火车站，面对一个发高烧的农民工/我犹豫半天，但没有掏出钱。”最后他总结了自己七宗罪，包括写诗是对不起汉语。虽然有调侃的成分，但其中也不乏真诚，还有一种灵魂里深刻的痛。忏悔就是反思，就是一种觉醒，也是一种救赎。诗人如果常能这样让烈火烧烧自己，内心就会纯净起来。

显然现在这种烈火一样批判的诗歌数量还不多，而且那种批判性越来越隐蔽在诗歌里。诗人不能把烈火埋得太深，诗歌需要单刀直入，一针见血。做一个心怀大爱和大痛的诗人，如果仅仅把诗歌的字词句磨炼成金子，把爱情诗写得惊天地泣鬼神，没有普世关怀和烈火一样劲健的现实精神，批判的主动性，只能是诗歌的缺席，诗人的失职。诚如诗人陆健说的，如果“信仰倒地，道德狼藉/即使天才创造出崭新的文体/所有锦绣文章也只能是病句”！

灯火：“顶着十二月的大风把灯点着”

除了爱和痛，诗歌还要有美。美即理想、情怀和境界与灯光。

为了找到有理想情怀的诗歌，我在书上网上翻看了好久，可是一直没有找到代表了人类的愿望，让我们仰望又普照我们的大理想大境界的诗歌，以及人性天性神性合一的作品。难道诗人们就只迷恋并甘愿在低矮甚至低俗里与琐屑和尘埃为伍？而诗歌的本质原本就是超凡脱俗，并挣脱庸常的羁绊，努力地向上向更高的地方飞跃。这让我想到多年前山东诗人韦锦的一首诗《点灯》：“刮大风的夜里，他把灯点着了。小小的火焰被吹得呼呼直响。他为什么要点灯？为什么要和人心一样的黑暗作对，和风，和流沙一样滑动的城市较量？……顶着十二月的大风把灯点着了。点着了？就不再担心被吹灭。就咬紧牙关亮下去。”这灯光就是理想，它的处境就是理想在现实中的境遇：孤独又随时可能被扑灭。但是既然从黑夜和俗世中脱颖出来，就要坚韧地亮下去，咬着牙也要坚持把光明举过头顶。

谁也说不清理想要抵达的地方是个什么样子，但是人天生有对高度的企盼。这和诗人写诗相同，说不清诗歌最终能导向那里，但是有一点是清楚的，那就是必须要从地面超拔出来。所以大解写道：“一个人把自己从人群中拔出”，大卫诗歌的标题直接就是“请允许我无限地接近苍穹”。所以向上，一直向上就是诗歌也是灯光导引的方向，哪怕结果可能什么都没获得，但是在超脱俗世努力向上，接近美接近诗接近理想的过程中，人的心灵乃至灵魂都获得了解放，并充盈着光。所以理想之路不论多么艰难诗人们也要把灯点亮，并跟着灯光前行。所以韩文戈在诗中说：“大风过处，所有事物都在顺风弯腰，我也是/但那棵树却挺立着，像黑暗笼罩时，总有人会在体内点起一盏灯”。这是人在理想面前的状态，哪怕有时会忍受屈辱，甚至偶尔屈服，但挺立的姿态不会变的，而且越是黑暗的时刻，身体里的灯盏就会越亮。这是一种英雄主义，是尼采的强力意志和酒神精神的转化和移植。

这就是诗人们对理想决绝的义无反顾的态度。但是我们再从相反的方向考察，这种理想情怀能对诗人的具体写作带来哪些影响，或者说当这种理想情怀融化到诗人的写作实践中，他们的文本将是一个什么样的面貌？我们来看几乎隐居的诗人何三坡的几首短诗：《落叶》：“秋天了　我的院子里堆满落叶/它们颜色金黄/风也吹不动它们”；《月光》：“你提着裙子从后山上下来/树叶在晚风中浮起/月光在木门上涌动”；《天鹅》：“它们在山间/散步　打盹　清理翅膀/躲过了世上的尘埃”。何三坡心如闲云野鹤，大部分时间在燕山脚下喝酒、读书，写作。散淡自由，真而纯。他写诗就是从心灵里挑出草芥，从血液里挤出杂质。外去繁杂，内除欲望，其主旨还是超拔和提升。他把自然当神，并把自己融入其中，让自然一点点啄净自己。所以他的诗歌绝尘而静美，还有一种禅修与觉悟。这就是情怀给诗歌带来的境界与神性。

而神性是诗歌现场最缺的品质。我说的神性不是狭义的神和上帝，而是爱因斯坦说的宇宙宗教感，即对宇宙中那种尚不可知的或已知的尚不可解的秩序“怀有一种崇敬和激赏的心情”，从而让人对大自然中的神圣感和神秘感心存敬畏，并自觉地遵守并规范自己的行为。正是这种对大自然的崇敬与畏惧，让另一位诗人吉狄马加把自然尊为至高无上的神，并把绝对、永恒、无限作为主题和理想，写出了具有神性色彩的长诗《我……雪豹》。这里雪豹象征着神灵，在当下就是人内心的秩序，有了它人就不迷茫，就会减少欲望和行恶之举，让文明和爱朗照心灵。所以施勒格尔在《思想集》中说：“神，我们是看不见的，然而，我们处处都看见神一样的东西，而且最先最重要的，是在一个明智的人心中，在一个活生生的人为作品的深处见出它。”

这里哲学家说的“神”就是自然和诗歌中感受到的神性，也是诗人要表现的情怀和大美。在心智相同的诗人那里，写作比拼不是技术，而是情怀。当下诗坛格局小，又缺少大诗长诗，其实就是神性的缺席，理想的抽离。就目前的写作现场，表达理想的方式就是诗人要将一种题材推及极致，写出具有神性光辉的大诗和长诗。从世界范围上看，欧洲出现过但丁的《神曲》，歌德的《浮士德》等。中国进入新世纪以来，这种大理想大境界的长诗出现了断流。另外诗坛还需要为某种信仰、哲学理念和诗学主张的写作。这是诗人精神和理想的文本化，也是抽象理论的具象化。所以写大理想大境界的长诗，是当下诗坛的需要，也是文学史在呼唤。我们不能因为急功近利、蝇头小利就让长诗大诗史诗断送在我们手上。不论合不合时宜，我们都要顶着风把理想点亮，并咬着牙一直亮下去。

地火：“我喜欢波浪能把我带得更远一点”

“我喜欢波浪能把我带得远一点”，这是臧棣的一句诗，我用它来说明诗人们的技术野心，也就是要将诗歌的技艺推得更远。所以这一节要说的是希望诗人的技术探索像地下蹿腾的岩浆，不声张却永远旺盛永不休止。

诗歌是技术，诗歌每一次进步都是技术的更新和革命。但这些年诗歌技术处于平稳保守甚至休克的状态。所以需要诗人有勇气去探索，去颠覆并创造新的技术，以保证诗歌的鲜活性和先锋性。当然先锋也并非先进，但是从先锋中我们会看到诗歌在突破，看到新鲜的活跃的特别的诗歌元素在成长并丰富着我们的诗学，在强行迫使我们的思维做出反应和改变。这是新的力量，也是一种新的美学基因在漫漶和生长。

在我的阅读范围里，我觉得臧棣和陈先发的诗歌中技术含量较重，读他们的诗歌有一种被唤醒的感觉。因为他们的诗歌对我们惯常的思维是一个撞击，犹如一个重器，击中了我们大脑中浑噩的部分，让我们一激灵的同时惊呼：原来诗歌可以这样写！所以他们的诗歌是对我们智性和智力的开掘，也是提升。让我们思维沉睡的区域开始苏醒并激活，这是我们平时浑然不觉甚至完全以为不存在的部分。所以他们的诗歌是对人的一种洗脑，并力图把我们深陷在日常习惯泥沼中的思维拔出来，清洗并改道，譬如臧棣说："大雁飞过漏洞（漏洞喻天空）"，"舌头上的楼梯"，"真理是一条绳子，/它粗到一定程度时，/我就用它来鞭打一群野狼"。这些都不是简单的比喻，而是一种对习惯思维的扭断和叛逆，而这背后支撑的是诗歌写作新的原则和选择。

而陈先发的诗歌是有电的，因为阅读中总有被电击和蜂蜇的感觉。这是我们的感觉被一次次刷新，思维的边界被带远了。他的诗不是某个语言片段的出彩，而是整体诗歌模式的变革，或者是变种。它迥异于原来的诗歌族类，是一个有着自己的外形和内脏以及自己的制度和秩序的诗歌新族和国度。譬如他的《前世》似乎写的是梁山伯与祝英台蜕变为蝴蝶的传说，想象得出人意料，情节的大开大合，还有感情的一箭穿心，都已经到了令人惊叫的程度。仅以其中一段为例："要为敌，就干脆与整个人类为敌。/他哗地一下脱掉了蘸墨的青袍/脱掉了一层皮/脱掉了内心朝飞暮倦的长亭短亭。/脱掉了云和水/这情节确实令人震悚：他如此轻易地/又脱掉了自己的骨头！"新鲜的语言资质带来了犹如触电般的疼痛、惊醒以及蜕质和新生，而最美妙也是这些诗歌的奥妙之处是你感受到了电击，却没法看见电。

所以我视这些为他们对诗歌技术的贡献。而在比他们年轻的刘川那里，则显示出更"另类"的写作方式，我视为诗歌的思维革命。因为他拗着诗歌传统，把诗歌写得不像诗，写得好玩，类似即兴的嬉戏。他是要揪着你习惯于顺流而下的思维往山坡上拽。譬如他看见孕妇们排队检查想到："她们体内的婴儿/都是头朝下/集体倒立着的/新一代人/与我们的方向/截然相反/看来他们/更与我们势不两立/决不苟同/但我并不恐慌/因为只要他们敢出来/这个世界/就能立即把他们/正过来"。好玩，幽默。但笑过之后有更沉重的东西在心里重重地夯一下，这才是前面说的大吃一惊的感觉。它包括两方面：一是他的造句功能已经到了从来没有的地步；二是思想的深刻和尖锐，就是当你被文字的嬉笑吸引时，他突然一亮剑刺中你的咽喉。所以他的游戏是圈套，通过游戏给你真相扎你麻木的灵魂才是目的。

需要指出的是，技术革新与情怀并不矛盾，情怀是志，是内功；技术是智，是外功。情怀是前提，当情怀解决了的时候，诗歌探索更侧重言智。或者说言志是基础，而言智才是顶端。志让诗歌扩胸增重，属于内容，提示诗人写什么。很多诗人都有相同的志，但关键是怎么写，怎么表达志。这就需要智的作用。大智力大智慧的诗歌也一定涵盖了大志和无数个志。所以言智的诗歌是对人的思维和想象力的开拓和抻长，也是对诗歌边界的扩张和延伸，其目标和目的就是把诗写得无中生有和绝无仅有。

探索和创新必须要警惕流入到玩物丧志中去，沉湎于“玩”，单纯地“玩”诗歌技艺，那就是文字游戏了，诗歌要有文字游戏中惊奇的效果，但不是纯粹的文字游戏。正如唐朝诗人王勃所言：“非缘情体物，雕虫小技也。”所以心灵和生命才是诗歌探索的原动力，也是要抵达的终点。而要做到这一切，都需要诗人有先驱者决绝的姿态，有伟大的抱负，和宁肯牺牲也要在绝路处创造新文本的敢于筚路蓝缕的大情怀。

结语：以上是我认为诗坛需要点旺的五种“火”。几部分互相关联，是因果也是递进。希望诗人们点燃生命之火，让高扬的激情和创造力不断打破诗歌写作的桎梏，建立新的更耀眼的秩序和诗歌美学原则。这也是情怀，希望这种情怀之火催生出有理想又有生命质感更有深度美的全新的诗歌文本。

目　录

阿　华

给我辽阔的……

给我辽阔的，是这人间的梨树镇

我曾在黄昏来临时，去坡地散步
也曾在河边，看到菖蒲在风里
摇摇摆摆

在梨树镇，我看到桃树
萌芽，生叶，抽枝，开花
也看到，蚁群在运粮，大雁往南飞

——紫叶李最后的一片叶子
自由自在地落地，又满心欢喜地腐朽

给我辽阔的，是这人间的梨树镇

墙壁上的爬山虎，深幽又柔韧
草本的旱莲草，秋天里落下了籽

你问我，更喜欢鹅掌楸
还是乌桕树，我无法回答你

但我知道，在这里
这人间的梨树镇，我体会到的爱
没有面额，无以数计

给马念佛

一条闹市还在广场的中心
十条大街早就散在各自的脚下

撑伞的路人啊，不要驻足聆听悲凉的歌声
也不要敲我的门窗

我不会告诉你，突然的泪水里
——盐的分量

不会晴天欢喜，雨天忧伤
经过的世事，让我学会缄口不辩

每个暮秋，都有无数的浆果落地
连最小的一粒，也有自己的甜蜜

我不羡慕它们都有温暖的天堂

我翻读经书，给马念佛
一双手，因触摸经文而得到暖意

像大山与江河，我与世人
正分开修行

已经停不下来了

已经停不下来了。一棵梨树
用根找水，这白色的闪电
到了四月，就会急急地蹿上枝头

已经停不下来了。一只麻雀

跟着一辆绿皮火车飞奔，那街头
邮箱的颜色，一直是它放不下的念想

已经停不下来了。一个和尚
隐居山谷数十年，他念经，坐禅
替人超度，他享受的是寂灭的快乐

已经停不下来了。我去江边找桂花树
悲欢纷纷的马路上，一个人揣着泪水前行
那一年我闻过了桂花的味道，就再也忘不掉

已经停不下来了！我在人的壳里
待得有点累，可是我不能随便脱掉它

所以我只能这样，继续做一个人
继续活下去，像风推着风
像波浪推着波浪

像一台行驶在大地上的推土机
一点点地碾碎自己的快乐和梦想

阿 信

在草地上

草地太潮。阳光
太猛。一股菌类植物的浓烈气味。
那话语的河流：贴近又疏远
疏远又贴近。
在广阔的时间上久坐：我，和谁？
漫长一生中再寻常不过的情景
只剩下模糊的轮廓和气息。
蓦然想起：一种遥远而亲切的感动。
然则又是，一柄巨锤，一股
悲不可抑的洪水。

9月21日晨操于郊外见菊

我只瞩目于秋原之上一只黄金的杯盏
——独擎西风，以及比西风远为凛冽的霜晨
微微倾斜。
天地大开大合。秋天发挥到极致。
独舞者，一经旋转便身不由己——
四下早已
遍顾无人。
高出秋天。也高出
西部的寂寞。
正好适应我渐渐升高的视线——
最初我是从一片洼地开始起步，现在
我想我已经来到了高处。

大金瓦寺的黄昏

大金瓦寺的黄昏，光的喧闹的集市。
集市散了。然则又是
寂静的城。
——阴影铺开，
一大片民居的屋顶，波动如钟。
此际，想象我就是那个
彻夜苦修的僧人，
远离尘嚣，穿过一条藻井和壁画装饰的长廊。
我是否真的能够心如止水？
我是否真的能够心如止水？
不因檐前飘落的一匹黄叶，蓦然心动。
……但我想
我是有点痴了……终于有夜雨和犬吠。
终于有如鼓的街面，一辆马车
打身边经过。

火车记

空的火车
仿佛在搬运风中亡灵。只要
火车在跑，悲哀的野花
就会汹涌地扑向原野尽头……

一小片树林

一小片树林。
暮色中的，一小片杨树林。
只有朝向河水一侧的叶片还闪着光，

其余的部分，渐次沉入灰暗。
我刚从那里散步回来，没走出多远
回头时，原来的路径
已经模糊。树木和树木，
紧靠在一起，没有缝隙
仿佛有更深的黑暗在那里潜伏。
夜色很快统治了这里——
黑暗中的树林，完全是一个闭合的整体
没有一丝光渗出来。它
比四周的黑夜还黑。
它让我觉得陌生，又感到惊讶，
隐约有一丝不安。
如果多给我一点时间，也许
我会等到它慢慢发光，甚至
变得透明。
也许会相反。
但我已经没有时间了。
它是我遇见的
黑暗中沉默的事物。
比沉默还沉默，比黑更黑。一小片树林，
它究竟在抵抗什么？

爱斐儿

等，是一种命运

房门已经关闭
一地松针正与看不见的时间
搏斗。硝烟漫过沉默
我仍可用声音看你
诀别烈士与小丑
废除了与刺玫
荒唐的契约

我小心召唤灵魂
挑选着词语和方药
附身那个顶风行走的人

等你头顶巨星
突然出现
在我的面前
我手捧的皇冠
早于你到来之前
锲入了你王国的名字
国土的形状
像一段伟大的记忆
只需占据
一片芳香四溢的黄昏

角度

有一种最近的远
就像河水倒映白云
立秋手挽盛夏
月光隐身夜色
疏淡和浓密，皆成
难以割舍的美景

你欣然接过
季节投下的沉沉凉意
一边咏叹渐进的凋零
一边发出深渊般的叹息
面对不愈的伤口
陶醉于相互
沉陷

当然，距离仍旧清晰
但你已无法分割
他们在晴好的天气
所唱的同一首歌曲
在风抚之下
缠绕在一起的绿
就像你无法阻止一个人
会准时想你，就像
你无法分开生命
和爱情

蓝莲花

掬月色在手，我亦在
月色的掌心。我自然

看得见松间那条清泉之流
一边是缘，另一边
也是
若清风徐来
如琴上琴声
止于皓月、明镜
照亮彼岸那棵菩提
端庄的坐姿
面对一条
莲花吐香之路
是流动不息的水
扫净我心头的雪
是慈悲注满我
蓝色的一生
于你的睡眠中盛开
默然接受
爱你的必然
为这无边荡漾的尘世里
有你
而寂静
欢喜

白 玛

星宿客栈

哎——带上那把鞘上雕着野兽的刀，带上难缠的
女人我，去投奔星宿客栈和冒失的一群亲戚
去点一炷香，说出一个愿望——哎！
带上从未见过天日的刀，带上碎银和会念咒的女人我
咿呀啦，远远离开舅舅的磨坊和表哥的江湖
投奔星宿客栈——哎！投奔星宿客栈哎

春天！恕我

啊春天！恕我饶舌，恕我多情
藏不住锋芒，还有一劳永逸的私心
恕我对死亡缺少畏惧
恕我对明晃晃的世界抱有怀疑

啊春天！恕我贪杯、放荡
恕我对不守信的命运吐口水，我说：呸
恕我对明枪暗箭无能抵挡
春天里成吨的爱情抛弃我，恕我不掩忧伤

拉萨即景

这么明媚的早晨不要浪费啊
我去八廓街找人调情

镶金牙的多吉拉的老婆笑得空气乱颤

康巴汉子多吉拉一点不脸红

卖虫草的小次仁什么也不懂
他仅有的要求是唱歌给我听

这么明媚的早晨一定不要虚度啊
太阳底下，要么和我热烈跳舞，要么和我大胆调情

你无处不在

我是那清晨披着朝阳去挤牛奶的姑娘中的一个
我有结实的身材和健康的笑容
还会唱一首老掉牙的歌，祖母时期就已流传
有草原，有牛羊，有远道而来的风，我不是孤独的
你就在我眼睛里最亮的光线中站着
在我每一道呼吸的深与浅之间
这思念由来已久，有时躲藏在梦里
有时在我走出帐篷的一刻悠然闪现
有时在弯腰洗去脸上灰尘的一刻闪现
你会不会爱上大手大脚低声唱歌的我？
你会不会爱上穷人家的女儿白玛措姆？
所有的星星眨着眼，没有人回答
琴声悠扬，我的泪水滚落草丛中
眼前只有山谷，羊群，格桑花，你不在，你无处不在

谦卑

我大喘气也跑不过兔子，没有一棵榆树活得长
扔到海里只会被一条神经质的鱼嘲笑

我被一亩三分薄地养着，只要太阳照到墙头草
就有我的份。生活狠狠给我一记耳光，也不哭出声

北　塔

马丘比丘之外（组诗选）

一个在提琴之间等待着我的人，
逢到一个世界如同一座埋葬的塔，
塔尖埋得那么深，
比所有嘶哑的硫磺色的树叶还要深；
还要深，在地质的黄金里。
——聂鲁达：《马丘比丘之巅》

1. 乌鲁班巴河谷里的石头

这些印加帝国的残肢断臂
经历过了煞有介事的仪式
被卸了下来，从自身不保的
皇袍里全部漏出，流落到了
乌鲁班巴河谷，被命运的激流
冲击着，背负着过于沉重的历史
无法动弹，就连下坠的可能
都微乎其微。或许，那从印加
古道倒退着走来的巫医，能把
它们装回到臃肿的安第斯山脉
如同木乃伊，只有与尘土合作
才能成为肥料，并护住植被。

2. 马丘比丘城外的一块石头

我是最后一块

不是最后一块被卸下来的
而是最后一块没有被装上去的

在被砌入帝国的体制之前
我已经被从大山的子宫里
提前拽出，已经荣幸地从山的
最底下被提拔到了山腰，脑袋
已经有九次被阳光抚摸过了
我的全身都被切割好了，棱角
都已被磨光，无论尺寸或形状
都符合那预留给我的小小位置
我已经被剃掉了所有的苔藓
正如一条鱼被刮掉了所有的鳞片
对于我——石头诗人，来说，宫廷
就是一口油锅。但是我的一切
都准备好了，都被安排妥了
我甚至快要长出一只大喇叭
用来大喊："吾皇万岁万万岁"
就在我要被砌入的那个前夕
马丘比丘一夜间楼空人去

3. 太阳门

没有了门的门框，空空荡荡
太阳是否躲在后面，鬼鬼祟祟？

我手上没有沾一滴羊驼的血
为什么还是不敢去敲他的门？

我不是梯田里的老农，不靠
太阳吃饭，但我跟他有瓜葛

连美少女都进去了，连胆小鬼
都进去了，我却还在门外徘徊

我希望屁股底下的石头能帮我
拿主意，希望不知名的小红花
能抬起悬崖的脚把我踹进去

这永远都不可能关上的历史之门
说不定我还得不到入内的恩准

4. 太阳神庙

我是整个帝国最虔诚的祭司
然而，只有太阳，没有神
谁能忍受在这里度过余生?

我的石头被枪击，被炮轰
只受到一点点皮肉之苦
我的地板被铁蹄践踏
只留下一些短暂的伤痕

趁着我心灵的空虚，他们
硬塞给我一个新神，说他
更强大，但我感知不到
他法力无边，于我何用?

五百年前，我的庙宇就被洗劫
一空，我已习惯了只有阳光的
日子，甚至不再祈求那羽蛇
乘坐美洲豹拉着的金车，哪怕
一瞬间，驶过我屋顶的黄昏

还好，一万匹马的风雨也没能
让我的信仰之墙有一丁点开裂
你哪怕是一页写满了颂歌的纸
也休想找到乘虚而入的缝隙

冰　峰

库斯科

库斯科，被地球举得很高的库斯科
海拔 3800 米
已经高过了我的心脏

这里的房子
纷乱地生长在起伏的山上
夜晚，灯光盛开
宛如烟花在空中绽放

在很久以前，库斯科
爱你的印第安人，强壮有力的男人
把爱伸进你的身体
莺歌燕舞，百花齐芳
在南美洲，你顿时声名远扬
朝拜你的人，爱你的人
臣服于你
享受你太阳般散发的光芒

库斯科，你是善良的
自由，散漫的生活
宛如悠闲行走的太阳
可是，在 400 年前
西班牙人忽然用 100 支火枪
打碎了你的生活
你没有抵抗就举手投降
让生灵涂炭、血光迷漫的一场战争

变成了一次政权的交接

哦，库斯科
我亲爱的兄弟，友善的兄弟
明天我就要离开你
不是因为高原反应，不是因为你站得很高
你能忍受西班牙人站在你的太阳神庙上
撕破你的脸庞，拆掉你黄金铸就的盔甲
我也能够忍受这一切

哦，库斯科
你站在高过我心脏的高处
现在，我只能用很低的声音说
作为游客
我真的无法理解你的宽容
你的博大

马丘比丘

当我气喘吁吁
登上高山，走进城门
用好奇的目光
走走停停，试图复原你的容颜

疲惫而冰冷的石头告诉我
你的荣光和神秘已经被时间剥尽
太阳神庙已经坍塌
残枝败叶正在游人的脚下叹息

在你冰凉又坚硬的身体上
我的想象血流成河，思维枯竭
你灰白色的骨头裸露着你的伤感
此时我想象不出，几千年前
你是如何一步一步爬上这座高山

并在这里落脚　让至高无上的皇族
在这里　享受尊贵
享受皇家的奢华与贪婪

有人说，马丘比丘
你是踩着百姓的枯骨、血泪
和驼羊坚强的身体
爬上这座高山的
但我不相信
你应该是仁慈和善良的
你登上高山
只是为了炫耀你的富足和高贵

站在你已经风干的骨头上
我开始从另一角度想象
你曾经拥有的权力和奢侈糜烂
此时，我多想坐在帝王的宝座上
体验一下王权的威严
多想坐在王妃的床榻上
感受一下帝王的淫乱

而一切都在时间的走廊里
变成废墟和空想
太阳跑来
石头在哭泣　在哀号
他们正在悼念一个人　一群人
一个朝代
他们仰望苍天

马丘比丘，你虽然已是残垣断壁
但你并不冷清
许多人站在你的脚下
用深情的目光
仰望你　抚摸你　欣赏你

查 干

二月雪

二月落雪
白茫茫一片
把人和魔鬼豪宅和贫民窟
全都覆盖了
于是　纷乱的世界安静了下来
我想到了骑牛出关的老子
冷清在弥漫再弥漫
像一把巨剑
空悬于天地间
我跑出屋外　大口地呼吸大口地呼吸
渴望二月雪
也能把心中的浊气驱散
假如斯时
我把自己陈旧的胸腔撕裂开来
还会流出清明殷红的
血吗？

焚手稿

一大摞发黄发皱的
手稿　被我投进火中之后
只剩下一堆灰烬
多少岁月它们被当成宝贝
今夜　终于被我识破
卖破烂

不过是一公斤八角钱而已
而且　假若被有心人捡走
网上去卖几十元纸币
还假惺惺为你冠以
著名什么什么的高帽
或者被大款用作面巾
被下人用作手纸
士可杀
不可辱
干脆一火焚去
断了它的后
看谁还用它来
骗去童叟之米
再装饰
门面

观吴冠中遗作展

他是用一支精瘦的画笔
作剔刀
剔去事物的一切赘肉
只留下干净的骨骼
并以火焰的激情
弹出生活之音的人
然后把每一个铿铿锵锵的音节
以自己的心血去着色
毫不足惜
多余的一笔
他懂得减法的奥妙
透视是他
别具一格的手段
因而　任何一种复杂的画面
均被他剥离得淋漓尽致

他常常融入自己的画里
让读者无处可寻
之后　他以低沉的画外音告知世人
——我负丹青

过朱雀桥

秦淮河被水雾封住了
唯朱雀桥还横在那里
只是刘禹锡看到的那些野草花
不知藏到哪里去了
恐怕是被汽车尾气熏倒了
至今未能甦醒过来
似有一位素衣侍女站在桥上
显得些许沮丧
花是采不到了
王谢堂里的贵夫人们
拿什么来点缀
云般鬓发呢
两三紫燕疾飞而过
宛若几缕
唐时
闺梦

陈泰灸

不能拥抱的岛

阻断目光的不是黑夜
是黑瞎子岛
提前看到太阳升起的不是哨所
是那个小小的俄罗斯教堂
我在望远镜里看一个帝国
帝国并不知我的存在
黑瞎子岛存在的这么多年
我只在看万山红遍
水是不是文化，我们只记得
挖金的人睡过的万国妓女
金子也沉淀成胭脂沟两岸
那两片红红的嘴唇
打一条黑龙江的鱼肯定不知道
元朝是怎么回事
建驿站那年地基就是它爷爷的尸体
烽火点燃的时候郭尔罗斯开始养牛
萨满的花裙子也从白令海峡的冰上溜走
其实精卫那天喝多了
填海走错了路
写完岳阳楼记后她的丈夫去了湄公河的尽头
南方的海其实也是泪
最亲爱的人就是五洲四海的先辈
你不吃饭粮食照样无忧无虑的生长
你躲在海里
猴子永远不用爬在树上
我儿子说结婚时我才知道

我也应该老去
可我妈天天念佛祝福我的快乐
我知道有一天海洋是我最后的回归
回眸一眼
妈妈依然在岸上自由自在地活着
我还是应该喝点酒
和我认为不能获鲁奖的诗人一起喝
然后问一下太平洋、大西洋、印度洋里的船
喂！谁是黑瞎子岛

印象青冈

通肯河水是苦是甜
源于古貊族人豪放的品尝
最早懂得在这片土地上付出与收获的
是柞树岗上东奔西走周而复始的太阳
满园青葵中柳色是一抹来自金元的记忆
五福桥上路过的丝丝草香
是八月青冈走在高粱拨节的路上
印象青冈　始于目光
一种拥戴
站立在人民办事大厅的台阶上
每一次行走
就像走在1949年的天安门广场
一个构思
靖河立体地捕捉到了我们的心跳
公园里摇曳的风
吸引飞出城池的鸟儿回归故乡
我知道　我的青冈
我感觉我摸到你了
也许阳光就是永不熄灭的香火
瞬间会无数回默诵你的名字
在一个甜瓜香气弥漫整个季节的午后

我从自己的目光里走出来
阅读青冈

阿里山　一棵似曾相识的树

漫山遍野的槟榔
透出几颗香蕉树在青涩的招手
少年郎的石斧仍在
黯淡了姊妹潭望眼欲穿的双眼
只有台湾一叶梅娇羞依旧　斜倚路旁
看我们带着失望看小火车在云雾中游荡
红杜鹃紫杜鹃还是看破红尘的样子
在一棵日本人没看上千年古树下留影
树灵碑沉重得让每一个游人
和一个民族的良心受伤
品着从越南、浙江运过去的“阿里山茶”
回想着小学课本里的台湾同胞
在春风里跨过北回归线
再看一眼太平洋的落日余晖
在“一条根”的作用下
去和几条不愿被饲养的小鱼约会
日月潭留在我心中的印象
远远不及老婆婆的几枚茶蛋
我还在想着阿里山
在我家乡东北的山里
也有一棵似曾相识的树

陈先发

石头记

小时候我们埋伏在
榛树丛里
用石块袭击骑车的老人
那时的摩天轮归他们所有。湖水归他们所有。
而他们在十字架上，装聋作哑

如今我骑在车上。轮到你们了
胸口刺青的坏小子们
短裙下露出剪刀的姑娘们
轮到你们了
请用 hysteria①的石块击翻我。
请大把大把地，挥霍我剩下的恶名

剪刀埋伏久了
终会生出锈来
还有生着锈的教室栅栏之内
女教师在黑板上
解释着进化论，和
人生百年一醉的无用。
我看见你们无心听课
蜂拥着埋在各个街道两旁的
树丛里……

那么，好吧，请用石头瓦解这个
想脱胎换骨的人。
他快老了

拇指经常发抖
勒住这辆失控的自行车已有些吃力。
黑白相间的乱发像一座旧花园。
来吧，攻击这座逻辑的
旧花园

成长的野史蛊惑着每个人
布满世界的
石头和它泛着苦味的轨迹
我听见我细雨中的扶棺之手这样
哀求着沸腾的石块
来吧
来吧，击碎我。

注①：hysteria 常译作“歇斯底里”。

在暴雨中

我喜欢注视被暴雨击溃的
四处奔逃的人群

头顶公文包、缺少权谋的
底层官吏。双手紧扣着鱼鳃的小贩子

一手攥着红领巾、一手捂着胸的
女学生和她病虎一样的妈妈

我死去多年的老父亲
也突然现身在暴雨中

被铸成泥俑的秦汉士卒，塑成
蝴蝶的那些女人也愤怒地恢复原形

在银白又急遽的雨点中。广播播放各种警告
广播中住着将咖啡一饮而尽的闲人

我从窗帘后看去。也从镌刻为书页被摞入
柜子的旧版中看去……

当穹顶慢慢地合拢
那些年。那些人。那些四分五裂的脸

失去的四两

“这世上，到底有没有火中莲、山头浪？”
褒禅山寺的老殿快塌了，而小和尚唇上毫毛尚浅

“今天我买的青菜重一斤二。
洗了洗，还剩下八两”

我们谈时局的危机、佛门的不幸和俗世的婚姻。
总觉得有令人窒息的东西在头顶悬着

“其实，那失去的四两，也可以炒着吃”
哦。我们无辜的绝望的语言耽于游戏……

“卖菜人两手空空下山去”
似乎双方都有余力再造一个世界

当然，炒菜的铲子也可重建大殿。我们浑身都是缺口。
浑身都是伏虎的伤痕

程　维

归元寺

我情愿在诗酒里消失，只留下诗，只留下酒
以及被风挪动的几个名字。称诗派还早
晴川阁中看帖，不知不觉就过了午后，门外何人拜师
灵山下有迁客背着过冬的粮食，眼见进了归元寺
两只孔雀站在芭蕉树下，僧人化缘
谁是抄经的书手，谁是云淡风轻的画者

禅师不在，小厮无须挟技投艺，茶过了，且自去

私藏的月色

还有什么能够使我们直达古代
私藏千年的月色，找不到谁来验证
汽车不能，飞机不能，动车不能
写诗更不能
佛山的云朵趴在包家的酒坛上死活不走
不把主人放翻，回天上没法交差
我搬弄一堆笔墨也是徒然
董巨的手艺失效，天上的窟窿是我画纸上的败笔
我没法把它送回古代去

只有月亮能把人带回古代
只有中秋离古代最近
它遗世，像个可怜的孤儿，徘徊在雾霾里
从沙井到秋水广场，面对它的孤单

多少人束手无策
我打的，也只能把它送到羸上
火葬场的烟囱，像一把天梯
夕阳在火葬场的烟囱上
不会变成月色，上天拒绝下达签证的手谕
那把雪亮的刀斧，已经高举在桂树顶端

我是个不善于念稿子的人

我是个不善于念稿子的人
我一念稿子就会出错
就会跳出已写好的句子，跑到心里去
把稿子都当作了瞎话
我宁可内心空空地面对你们
要么不说，要就说出我内心的肤浅
我不可能貌似深沉，满嘴瞎话
我是个不善于念稿子的人
即使这是我写的，我也觉得这是胡编
甚至可以说
面对你们和这个世界
我就是个不打草稿的人
我掏出的，仅仅是一点可怜的真诚

从　容

第一次见你褪去衣服后的疤

那是从未在众人面前显露的
生活的另一面，你的另一张脸
用布遮蔽，秘不示人
不完美的洞穴，被挖掉的眼睛
残忍地裸露在我的眼前

上天用这个黑色的疤提示我
你秘而不宣的悲伤
亲爱的，你连屁股都是悲伤的
不能和任何人说起，如同我们的爱情
你把悲伤坐在悲伤下
板凳与棉布磨损你黑色的童年

一秒钟前深情的凝视
转身，骨盆的黑色蜘蛛让我胆寒
我们都无法控制人类的善变
这黑色的幽默多么无奈，我不能
奉献你一个精湛的美容术
让她如你前额般光亮
我为你丑陋的疤痕哭泣

这一生，你是否把最难掩
最不可示人的黑暗
当作礼物送给了我？
亲爱的，你用几个世纪的仇恨
在身体上挖出这黑色的陷阱

如此狂野地引诱我此生一起陷入

亲爱的，我多么渴望
你黑色的伤疤
被我凝视时，成为我

前尘——大理

玉龙雪山经年投下阴影，樱花
落了一次又一次
国王吸着水烟用乌木的眼神看她
王后竟日迷恋，像一种麻瓜子
吃过就会上瘾，忘记偏头痛

人民路的阳光摇醉
陌生的男人和女人
一不小心就能撞见爱情?
大榕树见惯了那些接吻后迅速
离开的嘴唇
她在人流漫卷的街角
与比丘尼的眼神相接

傍晚，比风更迅速地
她走进一家刚刚掌灯的服装店
一件亚麻斗篷、一双白族绣花鞋
镜子里的脸与那些樱花的往昔重叠
她虔诚的睫毛在微微喘息
仿佛身后就是大理国的追兵，马蹄时近时远

出来时，身体竟然轻了 21 克
左耳隐痛，水晶耳环被谁取走?
还是遗落在某处?
黑暗中，她看见孤独，梦中

听见琴声，像在遥远的大理国

减法

雨水淹没我的城市
雷电笼罩的楼房总让我
想到一个男人在雨中关窗的动作
暴雨、警报、紧闭门窗、与世隔绝
我开始删掉手机中的联系人

第一个删掉的是一位董事长
他的壮阳酒正大张旗鼓地上市
第二个删掉的是一位广告商，
他在酒会上说，他曾经也是位诗人
第三个删掉的是一位童星的妈妈
那孩子的笑脸比成年人更迷茫

据说人的一生会遇到 2920 万人
我只想在每个城市保留一个朋友
一千多个电话，我删掉了 900 个
已经离去的亲人，有时半夜醒来我还会拨号
电话的那头是一些陌生的男人和女人
死去多年的妹妹，她的 QQ 我一直没有删除
电视里的主持人拿着话筒焦急地报警
每个街区都有人正在失踪

殡仪馆王主任的电话
我考虑再三，决定保留

大 解

在河之北

在河之北，并非我一人走在原野上。
去往远方的人已经弯曲，但仍在前行。

消息说，远方有佳音。
拆下肋骨者，已经造出新人。

今夕何夕？万物已老，
主大势者在中央，转动着原始的轴心。

世界归于一。而命运是分散的，
放眼望去，一个人，又一个人，

走在路上。风吹天地，
烈日和阴影在飘移。

在河之北，泥巴和原罪都有归宿。
远方依然存在，我必须前行。

自问

这世上，不会有真正的赤子了。
真理已死，你再也无力长成巨人。

你身体，你灵魂，你偏旁似的身影，
都软了，你需要的东西无处可寻。

时间封闭了古道，来者尚远，
你是谁，如此孤独而空虚？

还乡无路，去远何方，
多少人徘徊复徘徊，至死不知所终。

有无边的天空充满了时间，
有旋转的星系一再被大手推动。

你慌了。你无助地活着。
你看不到光的后面，谁在闪烁。

赤子远在他乡，不在此世。
你遇到他也不认识。

你，就是传说中的大解在仰天长叹？
是的。你来到此生，为何一事无成！

边疆

华北平原无限延伸，会到达天外，
于是大海封住了边疆。
神是对的。在荒凉和凄凉之间，应该有个界限，
分开原野和波浪。我是否正在这条线上，
吸引了秋风？
当毛茸茸的太阳忽然飘起来，我顿时感到，
天地厚德，垂怜万物，不弃众生之渺小，
让人心生暖意——
或以身相许，向天堂献祭，
或咽下泪水，老死他乡。

握手

女儿小时候，我经常领她走路，
她的小手，攥着我的一个手指头，
大胆地往前走。

年月太久了，我早已忘记，
父母教我学步的样子。如今，
他们已苍老不堪，手指像干柴，
弯曲又粗糙。

有生以来，我从未正式地
跟父母、妻子、儿女握过手。不需要。
有一次我伸出手去，
被老婆打了一下，又缩回来。

亲人们啊，时间过得太快了，
我有些承受不住。

我突然握住自己的手，在此之前，
我从未得到过自己的安慰和问候。

丁宗皓

按照父亲的方向衰老

按照父亲的方向衰老
像溪进入了河
在一条宽阔的河床上
有人会按照母亲的方向衰老
但这个人还没有出现
在兄弟姊妹中间
也像河　还没有流尽
还没有露出河床
我说
喝点酒吧
父亲说　那就喝点吧
母亲在一旁呆呆地看着
她肯定在一个老人身上看见了一个即将老的人
她同时在一个年轻的身上看见了另外一个老人
生命是贯通的
父亲血管在上游
我在下游
在我的下游还有一个人
他小　我不说出他的名字
我举杯的时候
他也举杯
最先露出了自己的颧骨
随后露出了自己的酒量
父亲说　接下来头发就白啦
我说　我等它
让它来

父亲每天走四公里
他没有看见衰老已经像一群疯狂的敌人
包围着我　我不突围
我是和时间战斗的战士

写诗吧

醉酒的爱人
在我怀里睡去
她像一只斑鸠
在新近这场大雪里
用大雪片擦净了自己的羽毛
我说写诗吧
月亮都升起来啦
醉酒的朋友
不肯在任何一个地方睡去
他一直走在雪地上
迈着毫无章法的步伐
和天下醉鬼一样
此时又想起多年前那场深刻爱情
我说写诗吧
不写诗咱们就唱歌吧
醉酒的我
在儿子身边睡去
我说我刚才顺着岔路去了趟宋朝
所以今夜我要写一首唐诗
八岁的儿子奇怪地看我一眼
径直睡去
我要写诗唱歌
今夜我要流出很多很多的泪水
我要用它们洗洗
心头的尘垢

雪地行走的方式

看着大雪一直下
等它刚刚没过膝盖
时候到了
在雪地里慢慢跑起来
仰着面孔让雪打在脸上
在冷与微痛里跑起来
这样跑着
双脚就会升起在雪面上
开始飞了
一个人能在大雪中飞起来
吸满一口气
再向上舒张双臂
一个在雪中飞着的人
会出现在高高的树梢之上
在雪中飞着的人
已经鸟一样盘旋在上空
他会拐弯或者加速
也会滑翔
像电影中的武林人士
肩上落着最大的雪片
因为没有留下踪迹
雪中飞过的人以为这是一个梦境
描述同一个梦境的人
都在大雪里飞过

冬 箫

歇息

歇息需要时间
需要安放在 180 乘以 200 公分的床上
放弃上帝已经给予的
和需要上帝给予的
甚至，你最最美好的回忆
和最最痛恨的过去

你已经是一个需要放弃所有杂念的人了
你只要呼吸
独自的
只要心跳
平稳的

然后，把肌肉骨骼放松
累也好舒坦也罢
这个时候，你握一下梦乡的手
然后，婴儿、少年、青年、中年、老年
贫穷、富有、高贵、卑微和美丑
都一个样子了
都会到另一个世界游览
不知道谁和谁走在一起，各看各的
风景

直到明天，每个人精力充沛
神态饱满

这样一个女人

这样一个女人站在面前
她想什么，不打紧

她抚弄飘飘长发
或者躬身整理黑色的丝袜
都不打紧

她冲着一辆豪车笑容灿烂
或者毫无表情地拦下一辆出租车
我都不打紧

甚至她一溜烟走了
余香袅袅
我也不打紧

我只是一块石头
一块绿松石般的
比较艳丽的石头
而已

童年记

我有比大人眼里大得多的天空
也有更加绚烂的云彩
我有古老到嗞嗞作响的厢房和
三米见方的风雨
我有可以藏匿身影的厅堂
还有悬梁刺股的书案

我有炊烟直上三千尺的土灶

和眺望银河落九天的花园
我有从小玩到大的赤膊小兄弟
来了又走
来了又走。终于
走出了我的视线
徒留下我失落的眼神
还有，我费九牛二虎之力才能打开的朱漆大门前
叔叔阿姨们走走停停，川流不息
我看着
他们的头发越走越白，人越走越少
孤零零地剩下了我一个
最后，我也走了
就这么走出了我的童年

方文竹

伪自白书

孩童时的妄想　遭到爷爷的训斥
长大时的妄想　遭到父亲的训斥
上学时的妄想　遭到老师的训斥
工作时的妄想　遭到单位领导的训斥
那天在天天乐超市吐露的一个妄想　当场遭到妻子的训斥

后来　有人建造了妄想的大厦

爷爷和父亲说　你怎么不住进去呀
当年的老师说　那只是现实的副本
单位领导说　要计算成本和收益
妻子说　千万不要摸错门牌号码

如今　我妄想有一种万古愁
以让我这三千愁丝　慢慢地
梳理　编织　派上用场　穿越白天的铁丝网
妄想的大厦四周布满坚固的战壕

我承认

我试图做一个游戏
天平的一端放上
上帝　灵魂　世界整体　历史　命运
另一端放上一棵草　一根羽毛　一滴泪水
结果前轻后重

夜读中从天平上走下来的上帝越过物业管理关卡上楼敲门
"原来你不是一个头重脚轻的人"

低调

他不做大器　要做小草
如果长在墙头就准备随时辞职
他不做天鹅　要做麻雀
在丛林里溜达　有时候逗着屋檐玩
他不做名贵文物　在现场拍卖
而是做新开发产品　经过少女的手暗暗捏造
他不做千里舰　而是一只小纸船
在童年的小溪里逍遥
他不做铜镜　而是任人抛弃的破镜
试图重圆
他不要一座华丽的墓园　只需
简短的墓志铭
偷偷地生　偷偷地死

他不做经典　而是一堆零乱的汉字
在众人的笔下涂抹　搭配　精致
却永不完成

寂寥

像一座房屋　越来越大
里面是空的
我搬来桌椅　它萌出春日的枝叶
我放进一只苹果
怎么看它都像一个地球
我在墙上贴一幅唐朝仕女像
她走下来时患上妇科病

我安静读书
文字的丛林里尽是逃学的孩子
最后拿来两只锤子相互撞击
先是法律跟踪　后是装神弄鬼
写诗成为一门手艺　在此
里应外合　缝合伟大的自然

像我的身体
剔除里面多余的情欲

高旭旺

算命

年轻的时候，父亲
喜欢村子上的树木，花草
鸟鸣，小溪。像相信
自己种的麦子、玉米、花生
和有关爱情的全部

到了五十岁靠上，父亲在走
往下走。从房子的炊烟上
匆匆地走下来，沿着牛尾巴扫出的
乡间山道，走近树的落叶
起风了，发黄的叶子
一次一次地尖叫
又一次一次地消失

村子在拆迁，背井的人心
开始了离乡。像城里雾霾中的
尘粒。飞来飞去，从断裂的
土坯墙缝间，露出
从此，没有方向

这时候，父亲背对村子
在破碎的瓦砾上，停了停
是一种迷茫。悄悄地躲开风
向路边靠近。靠近
算命先生。靠近
算的铜钱和命的指尖

求救

起风了，村子的拆迁越来越近
这件光景，顶不住
眼看着，一个圆圆的日子
树倒了，瓦碎了
鸡飞了，狗跑了
人走了，心散了
清明节，我回家上坟
三叔父，推开半扇门，进来
沉默，只是沉默
在这场风里，渐渐地
走向摇曳，或者叫破碎

家没有了，只有一只老黄狗
守在门口，狂叫
注满了三叔父的呼吸
同时，在月光下，勾起了他
各式各样的恐惧、惊吓
像寺院的木鱼，不停地
敲。没有棱角，没有内容
只有疼与痛在延伸
大量地被抽离，越拖越远

面对面坐在一起，我从
三叔父抽烟的微火中
看到了他脸上的线条全是僵硬的
慢慢拾起枯萎的目光
从牙缝里挤出一滴企盼
“我没有家了，看在
你弟弟、妹妹的脸上
在城里帮孩子找个家
住些日子”

三叔父，村子上最小的尘粒
他比世界上任何尘粒都干
都净。有土腥味
向我走来，求救。泪
成串串，在我伤口上滴

喊村子

村子。遇上拆迁
叶茂、鸟鸣、花香的样子
面貌全非。孤独的
越来越不让漂泊在异乡的人
走进。认出它
就这样，机器的隆隆
房屋随着倒下的尖叫
被掩盖了。这些被放大的
物和事。陌生得
让人吃惊，恐惧

此刻。我身上突然长出一些
幽暗。冷酷。像得了狂病
站在村口，顶着风
大声喊。喊村子
喊它的名字

即使，最后，我喊破了嗓子
和血腥味。也再喊不醒村子
它心死了
早已不认识我了

龚学敏

冬日映像之遇雾

其实，我的鸟巢一直在空洞中。想象是从凌晨开始的一种孵化。言语，
随遇而安。袍子们如同水银背面次第开放的花朵，
在冬日的成都，圆润地张扬。有时，她们会成为所有鸟儿的，
异想天开。

想要抚摸那鸟的手，散落在前世读过的书中。成都，
蜀绣们今生的斑纹，像那丝女子般的气息，灵动在那些鸟儿们出门后，
化掉的羽中。

我放在客栈中的书，和玉光洁的言语一样透明，毫无遮掩。水草们，
需要千年才能长成的悲悯，白蛇般纠缠在我腰间若隐若现的细节中。
神态在清晨开始怡人，并且，让你们心生爱怜。

一辆载满晨雾的车，行走在你们暧昧的目光深处。让那尾剔透的鱼，
躺在一页文人们山水过的纸上，想要成为，
那鸟出门时，唯一可以回家的那首诗。挂在谁，想象的门楣上。

可以把左手中开放出的花朵，萌发成那尾一丝不挂的鱼，让她
在右手说话，说一些成语，一些关于前世的书上，花一样的墨香。

我守在到成都来的那条大路中央。只有我的马，才能看得见祖传的鸟巢。
我用所有的雾，饲养那鸟。

你们听见鸟鸣的时候，雾已经成为粮食，有着性别的粮食。
一步一吟，
远离你们了。

冬日映像之唯有梅

那人要来了。我在些许着水意的信笺上，用走过的寒，
听见了空空如也的庭，和几上寂寥的灯盏。

在成都触手可及的柔和里，冬日的灯笼，
在只能靠想象生长的风中游手好闲。

锦江中那尾与锦绣的汉字息息相关的鱼，想随千里之外的
夕阳，将那么多的红，开在他们未经风霜的水路上。

那人要来了。我在昨晚三百眼叫作唐诗的井中，情有独钟。
听见雪一样的薛，和她笺上的那些情色。

可以掌灯了。我在他们遗弃的姿色中，用诗歌在水上结冰，
并且，一丝不挂。

在大气的唐中望江的竹影，是薛姓的女子飘浮的衣袂，
一波，让那人在我要写的梅中驻足，四处张望，打点散落的诗歌。
再一波，节气们情不自禁，想要成那草芥状的芯。

在成都线装的诗歌中昼伏夜出的，是与我在唐的锦江边饮过酒水的诗人。
他们行装的声色，貌似梅花。长发和漫不经心洒落的字，
还是貌似梅花。

在2010年，我和梢头的诗歌一样，除了与梅花有关的鹿鸣之外，
一无所有。我用来款待诗歌和诗人的，
就唯有梅了。

古　马

再见

不是你单独陪我散步
你家人朋友同事
还有你心灵之外低头算计的冤家
都是大街上飘忽的影子

黄昏星
或许是一只窃听器
根本不是一杯柠檬水，在咖啡厅

我已失去勇气，也没有了爱的激情
让我离开你吧
远些，再远些

远到那颗星变成一枚戒指
永远戴在你抬起的手上

地质博物馆

两千万年前的一只陆龟
从坚硬的甲壳里缓缓地探出脑袋、脖颈

我的心是一洼倒映蓝天的泥水
它曳尾其中，问候我并要穿过我爬回过去

一株通天的绿色植物

它移动的脚蹼上阳光的沙金
收集我身上的一切，包括死亡

天堂小镇

雨后小溪挟裹着高山积雪和阳光的气息
亲爱的，我们且不忙随它去园子里摘菜
不用忙着洗掉菜根上的泥土

寺钟传送的金粉
是蝴蝶的晚餐
我们且去田野看看吧
看有多少蝴蝶　　化身为明丽的彩虹了

虹桥这一头是甘肃
那一头是青海
无分地界的佛，是小镇最年长的居民
今夜他的左邻是你我
右舍是一轮白亮的月

谷　禾

鲜花宁静

鲜花开在那里。鲜花
宁静

鲜花开在原野。鲜花
开在山坡
鲜花开在孩子的眼睛里。鲜花
——开在墓地

风吹……风不吹。鲜花，如此宁静

大地渺远。天空无限
活着与死去的人，一次次从芳香中走过

虚无的蓝

黄金时代。青铜时代。
黑铁时代。
而我们身处一个什么时代？
多么蓝的天！
仿佛真理的形式，它高于人类，及人类的存在。

银河系之外，
黑洞在不断扩大，
这给了天体们不断失踪的理由。

太阳和月亮。白云和乌云。风和雨。
一盏纸灯笼，
要怎样才亮起来？并照见我们体内的石头，
以及身外的道路。

当我嗅到花香。
当手指发光，我看到了上帝破碎的脸。
告诉我——谁能一生做一个孩子？
不长大，
一生仰望天空，
把它涂成任意的红色，橙色，黄色，绿色，青色，紫色
再把它，
一点一点返回，虚无的蓝……

为一位女画家而作

画笔和颜料，
并不能把所有的美都画出来。
你还需要更大的画布，纸墨，砚台，
断折的光线，
一个绘画者的超凡的想象力。
需要先醉死梦生，
在酒精深处做完一场酣畅淋漓的肉体之爱。
甚至摸索着把另一只耳朵
也割下来。
即便如此，
你能画出蒙娜丽莎的微笑里的阴影吗？
你能画出八百公里之外的一滴海水的踏浪的葬礼吗？
你能画出二十亿光年的孤独吗？
你能画出一厘米的爱情吗？
你来画一粒小小的芝麻吧。
黑的芝麻。白的芝麻。红的芝麻。
你一定要把一粒芝麻深处埋藏的无边无际的香气画出来哦。

亲爱的，
你来画一首诗。
你来画一首诗和它的光芒吧。

合唱者

从睁开眼睛，我们出生
在一个合唱的大家庭，唱出相同的声音
我们玫瑰的表情，花瓣的嘴唇
千万人一起合唱，如同一架掠起的超音速飞机
被一支看不见的魔棒引领
“我”淹没在“我们”之中，从剧场到天空下
童声消失了，我们用清澈的眼睛合唱
青春的河流干涸了
我们用老年空茫的道路合唱
向黑暗的人群，向风吹稻浪
向明灭的灯笼
向收割后的田野，向雾霾和落雪
向骨头的死亡之舞
我们一直合唱：肉体渐渐消失了，教堂也没有出现
永远的合唱者！我们没有自己的名字

去菜市场的路上听到鸟鸣

去菜市场的路上，
忽然听见路边的树上传来鸟儿欢乐的叫声。

一棵杨树。仅有一棵杨树。
但鸟儿的叫声
仍源源地从密匝匝的叶子深处传来。

一定有无数鸟儿。无数鸟儿

和一棵杨树。
但看不到鸟儿的影子，也没一只鸟儿飞起来。

一树鸟儿的欢乐的叫声！
在黄昏的光线里，在白昼隐入黑夜的肃穆时刻。

我停下来。默默地聆听
并注视着
这一树密匝匝的叶子。这一树鸟儿的欢乐的叫声。

大海不这么想

海啸过后，海滩上留下万千尸体
有政客、将军、银行家、富翁、贵妇
也有叛徒、乞丐、妓女、小偷
救援人员低头辨认着死者的身份
更多的人，被一条绳子拦在安全线之外
或伤心欲绝，或神情肃然
但大海依旧平静如初，耐心地把海浪
和沙砾，一遍遍洒在死者身上……

广　子

格根塔拉，或杜撰的传说

雷声滚过放浪的牧场
带来雨水，在草尖上跳舞
有时候也带来暴雪，到草根里
翻找马蹄。在葛根塔拉
即使晴空万里，也不得安宁
烈日骑在牛背上，光焰手里握着
滚烫的鞭子。就连风流的母牛
也不敢晃动硕大的乳房
在葛根塔拉，雷声统治四季
雷声响起，乌云竖起耳朵
公羊打架，母羊发情
寂寞的山冈抱起一棵青草
在葛根塔拉，只要有雷声滚动
就有比雷声更霸道的雨水
风雪或提着鞭子的烈日
漫山遍野，追赶一只山羊

二连浩特外传

牧羊人赶来了羊群
草地上啃石头。再高一些
蓝天赶来了白云，二连浩特的头顶
雷声还将赶来雨水，但不会落下
半空中就接到晴朗的消息

扔下一座孤城和瓦砾
再低一些，风暴赶来了沙尘
骆驼混进羊群里，草地上
一起啃石头。再远一些
群山赶来了黄昏，白云换上
乌云的裙子，只是风声压倒雷声
落日亮出了辉煌的胴体
金色的瓦砾上，一座孤城
被空旷拦腰抱起。再近一些
神赶来了夜幕。黑夜的中央
羊圈里做梦的羊群睁大了眼睛
鬼知道，牧羊人会爱上一只母羊

和海拉尔的朋友谈起海拉尔

恍惚雪还那么深。在昌平东沟村
谈起海拉尔，我们的表情
瞬间降到零下四十度
但酒是热的，酒杯碰响的记忆
是温暖的。简陋的餐桌上
油炸花生米吃起来像羊背子
你咀嚼黄瓜，我听到的却是奶酪
顺着舌头一路东去，过白城
经齐齐哈尔，比青春期漫长的
三天两夜，火车摇荡如同
铁皮在跳安代舞。多少年了
孤独不断提速，而想念并未远去
在你转换语气之际，我看见
昔日兴安岭，落日眷恋的白雪
海拉尔的樟子松还穿着
苍翠的旧时光，拥有两副嗓门的
长调和四条腿的牧歌在奔跑
如果我们不打算就此翻脸

最好绕过哈萨尔桥，也别提伊敏河

扎赉诺尔

这是风在搬运昨晚的煤块
最烫手的还不是蘑菇山
而是灵泉头顶的月亮
黄雀全都光着脚，通往草场的
小路干净得没有一粒灰屑
但是习惯寂静的遗址未必会
喜欢好动的羊群，也许
只有出土的猛犸象镇得住
扎赉诺尔的夜晚。出了小酒馆
就是神的地盘。不需要请柬
只要在眼眶里镶入玛瑙
额头上扎紧鹿皮，就可以
和传说约会，与祖先碰上一杯
免费回到灯火通明的古代
宫殿里坐满了野兽。对不起
暂时请人类走开，不管
你是本地的幽灵，还是异乡人
前世是森林，还是孤僻的树
到了扎赉诺尔这里照样
也会变成一堆燃烧的矿石
一群在地下狂欢的骨头

郭豫章

又见桃花

还有什么比你的颜色更接近血液
柔弱的生命竟有如此艳丽的色彩
面对你的丰腴，我不敢正视
你以妙曼的飘落，探寻春的深度
你在薄雾中的水灵，让我再次沧桑

俯拾起未落定的尘埃
我在桃花渡，看过往的风挤作一团
看消瘦的往事被暮春挤出柴门
我知道，你那只前世的蝴蝶来了

今夜，爱在水之湄软着陆

鹤

你风姿绰约地伫立在水云间
姿态优雅地染指我的情感
以最初的呼唤带走最后的呼唤
我和你仅隔一个黄昏

横笛吹皱鄱湖曾经的忧伤
你的爱遮蔽了天空
既然你我不幸都有两个故乡
就注定比别人多一份痛

今夜，秋风早已过了江南
我在怀念那个采芍药花的女子
而你又在怀念谁

总有一天
在远山的另一边
雨水会重新飘落
我会在一个有格桑花的地方等你
让最初的爱成为最终的爱

雨，是爱的流苏

蝴蝶飞出三月的右耳
将无语的天空带入江湖
旧历年刚过
风还要吹上一年

瘦金体的往事路过生命的郊外
春的初潮便迫不及待
雨，是爱的流苏
挂满红土地——这春的原乡

这该是南方最后的婉约
花，闭门谢客
我拿什么去填满
这唇与唇之间的距离

总是无题

桃花是你遗落在春天的笑靥
绿，无法化开这个季节的苍茫
蜜蜂进进出出，在春之门

欲雨的黄昏
故乡的蛙声让我陌生

风，停在老槐树的左侧
白云边兑换的月色
明晃晃地照着
空空的心屋

我的思念是开往你城市的
列车，每天午夜
准点出发

缺氧的爱情

繁华过后
这个季节的雨水不再丰沛
一朵莲挡住了夏的归路
这一年我不止一次失眠

是该好好地病一场了
面对绚烂的晚霞
我只能选择七彩之外的黑色
暮色中你的回眸
点燃了存放多年的泪水

趁今夜无风，雨刚来过
你走吧，告别这缺氧的爱情
既是伤人的离别
到不如悄然的好

韩文戈

最后的赞美

闲下来，我们有时也赞美大地，我们栖身之上
赞美河流的入海口，吹响叶子的白杨树
以及隆起的山峰，陷下去的峡谷

星光漏下来，细雨也会抚爱它们，抚爱一张脸
我们最后还要赞美一次大地，那时我们即将化为泥土和歌声
有些流入大海，有些长出树木，高高的树木

避风

山中突然起了风，我走进山阴处的松树林
我、树林、山脉都在风中摇晃
在我不远的地方，有一棵树一动不动
它的下边，灌木丛也一动不动，树上的松鼠一动不动

整个树林都在摇晃，我也在摇晃
唯独那棵松树不动，树下的杂草，树上的松塔都不动
事物总有意外，人总有幸存：
当时间从所有人的头颅撤走，总有人不死

山下避风的人看不到山中的我，也看不到我避风的树林
我们都在摇晃，但总有一棵树却纹丝不动
大风过处，所有事物都在顺风弯腰，我也是
但那棵树却挺立着，像黑暗笼罩时，总有人会在体内点起一盏灯

在燕山上数星星

那一年，我们站在燕山数星星
就像站在家族的祠堂里，念叨古老的姓名
当我们数到哪颗星
哪一颗就在银河里亮起来
当我们念叨起哪个人
哪个名字就在族谱上变得清晰

我们在燕山上数星星
它们躲在树林里、月光里、悬崖上的花簇里
就像玉米、高粱被种出来
诗被你写出来，字被另一些人从辞典里挑出来
而残酷的青春，过早的死亡，无知的孟浪
被我从即将消失的人群里找出来

鸟群挟裹的星星，在夏夜落起暴雨
黄昏在黄昏峪乡弥漫，夜晚在夜明峪的山谷飘动
泉水在水泉村四溢
在燕山的天穹上，椭圆的星空正在铺展
犹如树冠张开，住满星宿
而我们很小，发着光，跟数不清的微尘住在大地上

夏日箴言

昨日之我甚于今日之我，更无须谈论明日那个姓韩的人
无非是我，我在与不在，或忘我
有人在雪天送来炭，甚于有人在锦中添上花，更无须憎恨往井下扔石头的那个人
我沉浸于仲夏夜突然密集响起的秋虫的鸣叫

我顺应着一个个季节的次第变幻，甚于人的多变，或不变

有人重逢时会像花瓣一样簇拥，甚于有人要对我提起，反复提起
蓝天下古老的仇恨
我沉浸于这样的世界：天光中，风吹着风动，水流着水流，我在我之中漫不经心

红　土

日记：冬天，树林

我们不停地对着树林喊
里面太空了
足以装下整个的我，我们
无论我们撞在哪一棵树上
都觉得快乐
我们使劲地奔跑。像豹子
长出了花纹
很久了，我们没有用力过
不得不说，我们体内有很多的力气
像一个气球。有时要把我们带离地面
——我们的确需要一次奔跑
终于，我们在摇落了最后一片树叶之后
停了下来。我们坐在那里
静穆靠向我们的身体。我们
从垂直的身体里伸出枝丫

春天的河坡

花儿开满了河坡
它不懂得节制
也不懂得语言
它想要的都摆在那里
即使整个春天
没有一个人　它也明明白白地
摆在那里

雨天，屋檐下

多雨的季节每天都有一场雨
经过你的屋檐

雨经过你的屋檐
也经过别人的屋檐

两个人的屋檐
大雨接着小雨
彼此不出门
也不交换眼神

她和他

她把手攥起来跟他说
猜猜看猜猜看
手打开时什么也没有
她又把手攥起来跟他说
猜猜看猜猜看
手打开时还是什么也没有
她和他反复玩了这个游戏
玩了一整天

M. 记

每天早上，鸟在窗外叫的时候
他在树枝上挂铃铛

他起得比鸟早一点
他喜欢有鸟的地方

M 年幼
M 是哑巴

洪 烛

青海：从循化到贵德（组诗）

骆驼运来的古兰经

我看见褪色的手抄本
却看不见那匹走累了的骆驼
它已和这本书融为一体?

跋涉还在继续：它把泛黄的纸张
当成另一片沙漠
一步步走进去
留下的脚印，和那一行行
神圣的阿拉伯文字，重叠在一起
这时才知道：自己长途背负着的古兰经
里面有一个更大的世界
撒马尔罕不是起点
青海循化也不是终点……

现实中的沙漠还没有改造成绿洲
书里面的沧海正在变作桑田
掀开任何一页，都能听见
一缕若隐若现的驼铃
骆驼走得越来越远
经卷却离我越来越近

骆驼泉

那一路东行的骆驼

走到青海循化就不愿走了
摇身变作一尊雕塑

那一路东行的云彩
飘到骆驼泉上空感到渴了
低头俯饮大地酿造的美酒

那一路东行的我
在这里卸下沉重的包袱
即使还没有认出眼前是一片最美的绿洲
却彻底忘掉沿途遇见的沙漠

骆驼变成了塑像，还是变成了我？
我的嗓眼里也有一股清泉
整日整夜地唱出情歌？

我变成云彩，还是变成骆驼？
不怕千万里的风沙把衣裳磨破
因为我的梦包裹得好好的

梦，掀开了一页又一页
越做越美，越做越像是真的
那不愿醒来的，是走累了的骆驼
还是唱歌时一点不感到累的我？

撒拉人有两个家

一个人可以有两个家
出发时告别父母的家
到达的地方是儿女的家

一本书可以有两个家
掀开封面是一个家
合上封底是另一个家

一只骆驼可以有两个家
两座驼峰是两个家
相距很近，又很远

撒拉人也有两个家
一个叫撒马尔罕，一个叫青海循化
这是记忆中的两座驼峰

坐在驼峰之间的旅行者是想家的
一会儿想这个家
一会儿想那个家

因为搬家，他格外地想家
因为想家，他才不断地搬家
直到家跟自己想的一样……

撒拉人的路

在撒马尔罕买下的驼队
走到青海循化，只剩下一只白骆驼
从撒马尔罕出发的千百位男女老少
走到青海循化，只剩下十八个兄弟
路实在太远了，走着走着
要么把路给走丢了
要么被路给走丢了

在撒马尔罕唱的歌
走到青海循化，还能听见
在撒马尔罕播下的种籽
选择了另一个地方，开花结果
路实在太神奇了，能够找到路
是一种幸福，能够把路走完
是更大的幸福

路的前面还有路
路的后面仍然是路
撒马尔罕并不是开始
青海循化并不是结束
你在路上走着，路在你脚下走着
这条路有勇气不断地走着、走着
为了认识更多的路

侯马

存在

我穿过
一段走廊
忽然发现
怎么没有听到
脚步声

我立刻
郑重起来
确保每一步
都发出声响

踢踏
踢踏
踢踏

扮演着自己的
拟音师

清明悼念一桩杀人案的受害者

男人从乡下赶来
要把在城里打工的妻子
劝回家
妻子已另有相好
俩人吵翻了

大打出手
男的用菜刀
使劲剁
女的终于服软了
跪着说：
“我跟你回去”
男人，望了一眼
快砍断的脖子说：
“来……不及了”

有一个人他自己还记不记得他是谁

有一个人
不知道死了还是活着
这个人我连见过都没见过
我听我哥讲有这么一个人
东杨村里有这么一个人
贾老四
实际上他不姓贾
也不叫老四
老四死了
老四的遗孀又嫁了一个男人
村里人说他是假老四
就这么叫了他一辈子
贾老四

晚钟

矿难
他们以最快的速度救人
以最快的速度发布消息
以最快的速度

逮捕了责任人
赔偿金额也确定了
死难者可以入土为安了
这事可以过去了
没意见就抓紧埋人
他们规定：
24 小时内下葬的领三万
48 小时内下葬的领二万
72 小时内下葬的领一万

未及哀悼
他们又把活人
埋葬了一遍

胡　弦

小歌

爱是晨光轻盈的腰肢。
是我为你穿上鞋，放你在尘世间走路。

春过千山，舞后的乱影不管它。
我爱你时，石头下山，不回头，不择路径。
林中，惊飞的鸟儿无人识。

某祠，闻祭祀古乐

山径如虎背。再往上是峰顶。
石板铺进厅堂，前行者
须破壁，须像龙一样缘柱而上，或在
乐声里奔波，入穷途，乐停，
即自弃于不知名的光阴。
——乐声随时会停下来，作为
一个沉默者你早已知道：远方就在身边。
一声鼓声，是偈语在关门。

南风

睡得太沉，几十年和几小时
混在了一起。把我
拖出梦境的，是迟缓依旧的布谷声。

麦又黄：天空像低垂的磨刀石。波涛
再次滚过灼热人间。
简易公路上，收割机突突响，被南风洗劫
一空的心，正在日夜赶往北方

插图

——你很难画下一阵钟声。
出神的时候，你会
看见河流、石桥、街道……
你看着它在许多事物中旅行。

你画下一座船一样的房子，但画不出
梁柱的沉睡、刚刚睁开的眼睑上
残留的美梦，以及第一缕曙光
踏上瓦垄时的小心翼翼。
廊顶倒扣，像另一只船。你画不出
两种水相遇而互不知晓。

有时，你怀疑插图的必要性，因为
没有它们，故事也照样在运行。
你画下飞鸟，想让画中的事物
都产生联系。
但鸟儿的翅膀反对静止。一张插图和其他
页面的关系，像是假的。

黑暗已收藏的，你画不出。
——怎样画下夜晚，一直是个难题。
影子不是秘密。你画下的人在阳光
和灯光下，不像同一个人。
——你耽留在接受观察的瞬间，但
所有瞬间都是对永恒的背离。

最难画的，是恨一个人时残留的那种爱，
以及星星和细菌的相似性。
——你再次停下来，察觉到
风在文字里可以不动，或一页一页慢慢地吹，
但在插图上，却快得难以控制。

最难画的，是浪子般的明月
重回庭院。门枢
静静陪伴着门闩。最难画的
是岁月之舌的伸缩。你的背影被看见，
又不存在。轻寒中，
一种难言的恩情像有人在开门。

半岛记

光阴如幻。海岸线的知觉
散失在自身的漫长中。

整个下午，三座港口有三种孤独。
海洋携带着窗帘奔跑，
卷来暮晚，卷来小星，卷起的漩涡
冰冷，中空。

旅者·昼与夜

1

列车的嗡嗡声
沉闷而含混，像是由
积聚在岁月里的回声构成。

大地在旋转，在创造一只掌控这旋转的

看不见的手。
——乌亮的钢轨伸入远方，仿佛
从不曾有人世需要它牵挂。

2

车子加速时，某种多余
而无用的时间，将水杯晃动。

行包，布帘，邻座老者衣服上
的污渍，都在晃动。
无数事物消逝：寒星、小镇、孤灯……
它们没联系，却依次从同一窗口闪过。

多年苦难，像母亲怀抱着婴孩瞌睡。
——途经的山丘如无人
认领的巨兽，偶尔
被车灯扫见，一闪即逝。

胡茗茗

老白干

我们都是有备而来的狂徒
作为饮者，我是你的终极
作为粮食，你是暴力的发源地

六十七度，舌尖在这里拐个大弯
白色的汁液裹挟蓝色的火焰
要燃烧，像干草交给闪电
要体面，做刀尖上的蝴蝶
你要把所有的甜软和苦涩当作濯洗
换取包装，换取接下来的酿造
欢饮，一起重生
酱香型的圣徒爱上了
清香型的小魔鬼
我的酒杯里盛着你的
发散和风暴

够了！够够的了
举杯——相依为命
放下——泥沙俱下

衡水湖

天上掉下个衡水湖，姓冀
体丰，有地方口音与 75 平方公里胸襟

其样貌晴朗，宜扮大青衣
其性情厚朴，易生易养

太阳出来了，她会拿出点颜色给老天看看
月亮睡觉了，她就收起表面功夫绣花作诗

冬候鸟、夏候鸟、留鸟、旅鸟纷纷卸掉翅膀
蓝莲花、粉荷花、芦苇、水草悄悄孕育宝贝

每一条好汉的心里都有一个水浒
每一首好诗的背后都有一座衡水湖

大洼，在水一方

是谁在草尖逆着时光疾走
这无限延展的黄金
在水一方，一路退后
大风吹动，草甸倒伏
蒹葭苍苍啊
流水何汤汤

夕阳下你站在那里朝下一指
这个村庄里曾有我的亲人
你不动声色地回望
吹开浮沙，深一脚浅一脚地
远离，并以远离的方式
接近祖先的心

不必有芦花盛开空茫
不必有野鸭竞相飞渡
在这个好秋天
闭上眼，全是锦绣
伸出手，就是江山

黄沙子

永恒的寂静

我喜欢看阳光
像雨水一样撒到湖面
湖的对面有一片并不茂密的树林
在树的缝隙
种上油菜
菜花开完之后栽上塘麻
收割塘麻的时候
树叶开始往下落
树虽然稀少，叶子也铺满一地
我在湖的这边
一片偶尔飘过来的树叶
把观察它的人带入永恒的寂静

不知道名字的河流

划龙舟的人离开了汉河镇
河里再没有龙舟
谈恋爱的人走过的草丛
如今变成了水泥路
河对岸的村庄，不再用土坯砌房子
河这边，仍然是一条大街
包含汉河镇全部
我在这里念过中学
整整三年，我都没有弄明白
这条河的名字

它在秋天呈现深浅不同的颜色
有时候比花还红
我得顺着它
跋涉好几里路
才能回到家中
碰到下雨，河水会轻易漫过河堤
那时我无法认出它
只记得它是由西向东地流着

时隔六年，回到花湖

我在这里度过我的三十八岁
如今想来，那时候花湖到处都是野草
花也是，我栽下的花被众多的野花淹没
呼吸过的空气中，悲伤被爱代替
快乐和喜悦在一起如同我和众多孩子
我们隔着水面
看见彼此的倒影
但不需要对任何一片叶子的生长做出决定
那些矮小的灌木丛和高大的栾树
缓慢落下的阳光和迅猛的风
都在等着夜幕降临

在洪湖

每个夜晚，总是黑暗首先降临
然后才是月亮和星星
总是先听见波涛声
然后才会看到洪湖里捕鱼的人
我不能去往更高的地方了
没有风的时候
天空沉落湖底

白云暗藏在水草深处
只有低头看到鸟的影子
然后才能抬头看见鸟的飞行

子民

这些天经常加班到很晚
我还是坚持步行回家
在单位和家之间
一个小时的黑暗里我感到很自在
仿佛一张变色的相片
正在慢慢修复自己
银杏树的黄叶
和红色的枫叶
看起来没有什么区别
回家的人和外出寻欢作乐的人
也没什么两样
在黑暗中，救世主
都是饱经风霜的样子
我慢慢走着，像神的温顺子民

黄亚洲

四十年代，温岭电灯公司

他用一些纸质股票
搓成电线，在这个海滨小城
布置了一张网络

这个小城的晚霞是钨丝织成的
已经不成疑问
温岭就此婉谢了黑暗，委托他
站起来，向众人抱拳

我母亲说他脾气好大
说一不二，拍桌子
母亲十八岁那年的私奔也是他逼的
这也不成疑问

但是他一咳嗽
能把一颗太阳咳出来，我指的，当然
不是血

一个城市没有了黑暗
渔民用钨丝捕捞太阳，而每一次
都是他喊的号子
他是我外公，说一不二
我母亲私奔到杭州之后一直心有余悸
我说妈妈，你才是
真正的光明

教堂，长椅子

教堂，那些油亮的长椅子
大多数时间，空着
人们没有来
烛火白白亮着
人们在忏悔之前，需要
做一些违法的事情

那些诚恳的阿门的声音
没有响起
那些油亮的长椅子，在
幽暗中，等待油腻腻的裤子
成群的忏悔还没有来，它们
还在加紧争吵、相骂、搏斗、暧昧
太阳，正在为这些白天的烛火
添些油料
教堂里的长椅子，也是
油晃晃的。圣坛上的烛火，学着
太阳的样子
人们还没有来，那些
违法的事情，必须做完
这就是生活

然后，那些空空的长椅子
才能被裤子排满
油腻腻的小腿
交叉成十字

小笼包

吃小笼包，要弄只醋碟

不是讲究，生活本来就酸
这是小小的匹配

小女孩，叔叔不是骗子
也不会领你到别的地方去
风太大，你卖的花都枯了
叔叔只想给你一个屋檐
但是叔叔的屋檐很薄
只能避半个钟头的寒

包子的馅儿真稀
这个老板不厚道
可是天下老板又有几个厚道
他们举牌子捐灾区的钱
都是从我们头上刮去的
叔叔要干十二个钟头
还是没钱，所以叔叔没有厚实的屋檐

叔叔不吃，叔叔看你吃
叔叔的女儿同你一样大，三年前
跟她妈妈走了

叔叔先走，你吃完自己离开
不过，花别卖了，没人买
这个时代
冷得太早

霍俊明

热爱那些失眠的人吧

热爱那些失眠的人吧
即使我们相互陌生，可是
我们却在同一个城市。北方
没有雪，也还是冬天。

失眠的人起来，开始跳伞
落到这个城市的西南去
那里曾有一个红色的雨棚
岁月使它突然变形
变形的还有黑夜里瞪大的瞳仁

瞪得再大也没有用
失眠的人必须学会在夜里走路
走累了，就跳到楼顶上去
摸摸星星的童年
揉揉自己的脚踝

接着你就降落下来
速度取决于你
是在做梦
还是继续失眠

热爱失眠的人吧
你看，他又一次在陌生的城市
站起来。

燕山林场

当我从积重难返的中年期抬起头来
燕山的天空，这清脆冷冷的杯盘
空旷的林场，伐木后的大地木屑纷纷

那年冬天，我来到田野深处的树林
确切说面对的是一个个巨大的树桩
我和父亲坐在冷硬的地上，屁股硌得生疼
生锈的锯子在嘎吱的声响中也发出少有的亮光

锯齿下细碎的木屑越积越多
我露出大脚趾的七十年代有了杨木死去的气息
芬芳，温暖
那个锯木的黄昏，吱呀声中惊飞的乌鹊翅羽

如雨的风声正在北方林场的上空空旷地响起
当我在矮矮的山顶，试图调整那多年的锯琴
动作不准，声音失调

我想应该休息一会儿，坐在树桩的身边
而那年的冬天，父亲只是拍拍我的肩膀
那时，罕见的大雪正从天空中斜落下来

非素食主义者的下午

一个没有落叶的南方城市
四季如暖棚里的植物
这是一个下午，超市在高档小区的拐角处

一条鱼已被扔放于案板之上
身体被活着切开，上下两截仍在抽搐痉挛

鱼眼瞪得更大，两腮在费劲地翕动

对于我这样一个非素食主义者来说
对于一个有着长年乡村饥饿症的人来说
这个下午
第一次有了血腥味

我想知道
是哪个混蛋两眼不眨地实施了这场酷刑
他没有像其他同行那样将鱼摔昏在水泥地上再动刀
他没有像其他同行那样用铁钉的木棒击打后再动刀
他直接下了狠手
甚至还不是白刀子进红刀子出
而是直截了当，一劈为二

希望他不是因为老板不发工资而下了手
希望他不是因为失恋、失眠、阳痿早泄而下了手
希望他不是因为工作无聊一心想买 iPhone5 而下了手

只希望
他是一个个实实在在的冷血暴徒
在这个下午
他对一个非素食主义者也下了手

交鸣

当两只水鸟的下颌轻轻贴在对方的脖颈
低低的交鸣轻拨水面的皱纹
此时雾满大江
芦苇，夜夜白头

我们的绒羽轻轻偎在一起
我的红喙梳理你额顶的那根白色的翎羽
你黑色脊背的暗影里也有几根冷冷的雪

她们和江水如一

摆渡船已在这里生疏了十年
桃花木的船桨早已上岸成为寺庙的灶柴
两只水鸟，
只能以蹼为桨，以水为巢

江水的白有成吨的苦腥味
轻轻啜饮
当我们决定在寒冷的江上引颈交鸣
水底的露芽只能等待又一个明年

轻轻啜饮，这一江的白露
轻轻交鸣，在头白的晚梦

吉狄马加

我，雪豹……

——献给乔治·夏勒

1

流星划过的时候
我的身体，在瞬间
被光明烛照，我的皮毛
燃烧如白雪的火焰
我的影子，闪动成光的箭矢
犹如一条银色的鱼
消失在黑暗的苍穹
我是雪山真正的儿子
守望孤独，穿越了所有的时空
潜伏在岩石坚硬的波浪之间
我守卫在这里——
在这个至高无上的疆域
毫无疑问，高贵的血统
已经被祖先的谱系证明
我的诞生——
是白雪千年孕育的奇迹
我的死亡——
是白雪轮回永恒的寂静
因为我的名字的含义：
我隐藏在雾和霭的最深处
我穿行于生命意识中的
另一个边缘
我的眼睛底部

绽放着呼吸的星光
我思想的珍珠
凝聚成黎明的水滴
我不是一段经文
刚开始的那个部分
我的声音是群山
战胜时间的沉默
我不属于语言在天空
悬垂着的文字
我仅仅是一道光
留下闪闪发亮的纹路
我忠诚诺言
不会被背叛的词语书写
我永远活在
虚无编织的界限之外
我不会选择离开
即便雪山已经死亡

2

我在山脊的剪影，黑色的
花朵，虚无与现实
在子夜的空气中沉落

自由地巡视，祖先的
领地，用一种方式
那是骨血遗传的密码

在晨昏的时光，欲望
就会把我召唤
穿行在隐秘的沉默之中

只有在这样的时刻
我才会去，真正重温

那个失去的时代……

3

望着坠落的星星
身体漂浮在宇宙的海洋
幽蓝的目光，伴随着
失重的灵魂，正朝着
永无止境的方向上升
还没有开始——
闪电般地纵身一跃
充满强度的脚趾
已敲击着金属的空气
谁也看不见，这样一个过程
我的呼吸、回忆、秘密的气息
已经全部覆盖了这片荒野
但不要寻找我，面具早已消失……

4

此时，我就是这片雪域
从吹过的风中，能聆听到
我骨骼发出的声响
一只鹰翻腾着，在与看不见的
对手搏击，那是我的影子
在光明和黑暗的
缓冲地带游离
没有鸟无声地降落
在那山谷和河流的交汇处
是我留下的暗示和符号
如果一只旱獭
拼命地奔跑，但身后
却看不见任何追击
那是我的意念

已让它感到了危险
你在这样的时刻
永远看不见我，在这个
充满着虚妄、伪善和杀戮的地球上
我从来不属于
任何别的地方！

5

我说不出所有
动物和植物的名字
但这却是一个圆形的世界
我不知道关于生命的天平
应该是，更靠左边一点
还是更靠右边一点，我只是
一只雪豹，尤其无法回答
这个生命与另一个生命的关系
但是我却相信，宇宙的秩序
并非来自于偶然和混乱
我与生俱来——
就和岩羊、赤狐、旱獭
有着千丝万缕的依存
我们不是命运——
在拐弯处的某一个岔路
而更像一个捉摸不透的谜语
我们活在这里已经很长时间
谁也离不开彼此的存在
但是我们却惊恐和惧怕
追逐和新生再没有什么区别……

6

我的足迹，留在
雪地上，或许它的形状

比一串盛开的
梅花还要美丽
或许它是虚无的延伸
因为它，并不指明
其中的奥妙
也不会预言——
未知的结束
其实生命的奇迹
已经表明，短暂的
存在和长久的死亡
并不能告诉我们
它们之间谁更为重要?
这样的足迹，不是
占卜者留下的，但它是
另一种语言，能发出
寂静的声音
唯有起风的时刻，或者
再来一场意想不到的大雪
那些依稀的足迹
才会被一扫而空……

7

当我出现的刹那
你会在死去的记忆中
也许还会在——
刚要苏醒的梦境里
真切而恍惚地看见我：
是太阳的反射，光芒的银币
是岩石上的几何，风中的植物
是一朵玫瑰流淌在空气中的颜色
是一千朵玫瑰最终宣泄成的瀑布
是静止的速度，黄金的弧形
是柔软的时间，碎片的力量

是过度的线条，黑色 + 白色的可能
是光铸造的酋长，穿越深渊的 0
是宇宙失落的长矛，飞行中的箭
是被感觉和梦幻碰碎的
某一粒逃窜的晶体
水珠四溅，色彩斑斓
是勇士佩带上一颗颗通灵的贝壳
是消失了的国王的头饰
在大地子宫里的又一次复活

8

二月是生命的季节
拒绝羞涩，是燃烧的雪
泛滥的开始
野性的风，吹动峡谷的号角
遗忘名字，在这里寻找并完成
另一个生命诞生的仪式
这是所有母性——
神秘的词语和诗篇
它只为生殖之神的
降临而吟诵……

追逐　离心力　失重　闪电　弧线
欲望的弓　切割的宝石　分裂的空气
重复的跳跃　气味的舌尖　接纳的坚硬
奔跑的目标　颌骨的坡度　不相等的飞行
迟缓的光速　分解的摇曳　缺席的负重
撕咬　撕咬　血管的磷　齿唇的馈赠
呼吸的波浪　急遽的升起　强烈如初
捶打的舞蹈　临界死亡的牵引　抽空　抽空
想象　地震的战栗　奉献　大地的凹陷
向外渗漏　分崩离析　喷泉　喷泉　喷泉
生命中坠落的倦意　边缘的颤抖　回忆
雷鸣后的寂静　等待　群山的回声……

江　非

路啊，带我走

路啊，带我走
带我去山东省临沂市的一座小山冈上
那儿有一条小径等着我

路啊，那条小径它不宽也不窄
它不远也不近
一层薄薄的黄沙覆盖着它

路啊，每个人走路时
心中都会想着另一条小路
每个人都应该说出所途经的那些失落的小路

路啊，这些年因为生活我走过许多地方
我把这样的一条小径带在身旁

它没有十字路口，也没有路边的石凳
一条小径笔直地通往那墓室沉默的地方

路啊，白云翻卷，道路漫长
我不知道我明天还会历经什么样的路途

我总是听说人要在睡梦中重忆那些逝去的往昔
我一直把这样的一条小径带在身旁

让我摸摸你

让我摸摸你，节日中的陌生人
你忧郁的怀中的小曲和咕咕的鸽子
让我摸摸，你的黄昏
和黄昏中门槛上的黑夜和黎明

摸摸你，起床后第一位向东走路的人
言说者和那些为休息日而出生的人
给予河水赞颂与礼貌的人
和庆祝语言的人

让我摸摸我的家乡
它在冬日中深藏麻袋的豆子
它的昨日和过去
它有一颗美好的落日
睡在天上，犹如睡在它古老的书架上

让我摸摸它们吧
我早已不再年轻
早已不再想人为何
要在人世上留下自己的生日和死亡

如今除了抚摸，我已经一无所有
抚摸就是一头温柔的动物
我把它养在我的手心里
这样的动物在夜晚走近你的门口时
它的眼里没有别的
只有柔情和在孤独时与人类的片刻凝视

我相信每一个过去的人都还活着

我相信每一个过去的人都还活着
但他们却躲在远处不来见我
我相信他们和我一样热爱铜和黄昏降临的集市
但他们却不来见我
我踩着夏日滚烫的柏油去边远的小镇旅行
他们不来见我
我坐着火车出现在潮湿的开满雏菊的地平线上
他们不来见我
我把撒在车厢里的面包屑和鸽子用一张陈旧的时刻表包好，收起
他们不来见我
火车停住了，我从任何一节油漆未干的车厢里孤身下来
他们不来见我
天黑了，他们坐在那些没有灯光的、永不靠站的车厢里
一声不吭，不来见我

金铃子

站立是危险的

这世界寂无一人。只有一条蛇
迟钝地向前爬行
它很勇敢，那蛇。
它可以站起来行走。只要它不露出毒牙
露出水腥的气息
它就像我的兄弟姐妹。我们聊起
各自的父母，人生理想

我们可能要聊起
站立是危险的。

萤火虫

我在夜间散步的时候
一只萤火虫落在石榴树上
似乎是从星星上掉下来的……这小东西
诸神创造的一切都在消逝
唯独光明
在石榴花上。是热烈的词
是不愿沉默的爱人。在闪烁
他腰带上挂着燃烧之剑和黄玉
如果回到青年时代
我会画一颗火红之心，圣焰之子
我爱这一切。鲜明的色彩，华丽的衣料
以及各种游戏

他，尤其是他。
我什么也没有做。我知道
光太亮会伤害我的眼睛
我生活过的世界，慢慢地暗下来
萤火虫飞走了，美在死去
我也爱这死去的……

回家的时候。我走得小心
以免踩上它们的裙子
以免把它们惊醒。逝去的岁月。

多么幸运

请不要对一只晚归的白鸽说看透了爱情
请不要对你脚下的泉水说看透了爱情
今夜，请不要对一个幸福的人说
看透了爱情
即使只有一刹那
——这一刹那的真实。我想要
我不敢。又终亦寂然

多么幸运，我还在好好地爱一个人
多么幸运！我还被一个人好好爱

太阳不会收起它的火焰
正如春天从未离开——我的美和忧伤
多么幸运

惑

过桂溪的时候，我看到冷得出奇高的天空
银杏脱尽，满地的落叶

多得不计其数，多得不能修改
多得我再也找不到——大地的秘密
找不到
苍老的桂溪河，早已没有波涛
干枯，它堆积太多
像一窝苍白的蛇在我体内游荡
我永远不能说出痛。不能说
不管我握得多么紧
……打水漂的瓦片
谁能留住你
一群鸽子在城堡上学习展翅
它会不会掉下来……会不会吓我一跳
几个行人走在人行道上
故乡人
他们跟我打招呼
他们是谁

你所爱过的事物，到底去了哪里
你最后……所抛之物……它必得落下
它又落到了哪里

郎　毛

父亲走过（之三）

下雨的时候
父亲已经在路上走了很久
路上越来越泥泞
父亲推着手推车
车上堆满盖房的石头
还有废弃的耐火砖
石灰
你想象不到的东西都堆放在父亲
越来越沉重的手推车上
雨越下越大
茫茫一片
在我和父亲之间叠起了雨障
蛙声响起来了
穿过雨障
抵达我的身边
顺着蛙声穿越的缝隙
我看见父亲把车停在路边
坐在他心爱的车撑上
他老人家低着头
任大雨滂沱
他用悠长的蛙声和我说话
用石头
用猩红的泥土
用漫山遍野青草的气息
用犁和锄头
用看不见的房屋和我说话

父亲走过（之四）

父亲编过的篮子放在墙角
把墙洇湿了
最初的篮子只是长着蜡质叶片的灌木
被锋利的镰刀划过之后
它们在父亲笨拙的手上飞舞
于是一只只篮子堆在地上
挂在墙上
盛过红薯、辣椒和珍贵的馕
可是它们没有盛过我的作业本
那上面写满了愚蠢的空话
父亲把编好的篮子交给我
要我去渠边割青草
喂养集中营里的牲口
换回工分和活命的口粮

如今在老家鲜为人知的角落
父亲编过的篮子只剩下一只
潮湿得滴水
潮湿得令人心疼
潮湿得长出粗大的嫩芽
这使我想起每逢下雨
便是父亲的休息日
这时候他心安理得
坐在门口编啊编

父亲走过（之五）

父亲是那种老式农民
嗜土地如命
有一年我从远远的黄河边回来

发现村西头多了一块土地
在千百年流水冲刷的石头盖子上
一块土地暖暖地覆盖着
像是神话的赐予
后来这块土地出产了许多
紫瓤的红薯
还有粗壮的红高粱
乡亲们偷偷告诉我
那是父亲开垦
父亲从四面八方的蚂蚁那里
运来不同的土壤
垫出这块神圣的土地
而我却情不自禁地愤怒
因为我疑心土地的产权
在谎言潜入真理的年代产权去哪儿
正像真实的土坷垃
垒在暧昧的岩石之上

直到有一天父亲死了
我才明白一个老式农民的苦心和本能
永无止境地开垦和种植
直到把自己种进土里
长成又一代人的食粮

老　圃

栀子花

一袭白衣的女子
跃上青葱的枝头
远处麦林杏黄

眺望没有边际
疲惫的目光何处歇脚

一股突如其来的异香
一种突然遭遇的遐想
那个女子摇曳多姿

霞落时分
蜿蜒的河堤有些忧伤
阵雨流云疏朗

凉风吹透的清晨
星星与露珠滚落在路边
少年的心事如初夏的野草
那个白衣的女子从枝头跃下
与他不期相遇

他惊惶不敢对视
拾起脚边的镰刀奔跑
让美丽追逐得梦断情伤

伯劳鸟

你那么叫
不知疲倦
听的人心都碎了

云彩上开满花朵
瞬间凋谢如初

麦收季节
总是布满冲动与喜悦
你却那么忧伤

我听着雷声隐隐
和你的凄凉
一起撞在墙上

麦粒喂不出梦想
九万里晴空相守相望

也许你是一个预言
也许你是一种信号
少年的眼神茫然

我在追逐你的身影
你在俯视我的模样
天地相隔只有惆怅

雨水刹那降临
你的叫声如泪眼滂沱

一条被冻住的鱼

这是一条被冻住的鱼
在玻璃缸里
水草无法随着氧气跳舞

想知道窒息的感觉请问这条鱼
想触摸禁锢的锁链请问这条鱼

其实它只是一场冬眠
其实它只是关于水
关于冰和玻璃与一个生命的博弈

主人的案头
早霞穿过浓密的黑发
穿过柔软的手指
伸过远方的古道
一脚踩出了春的消息

相信我
被冻住的鱼会复活
被冻住的鱼会撞碎玻璃

蓝色的海岸线一起一伏
那鱼用腮
正在剧烈地呼吸

雷平阳

尽头

沉默、粗粝，一块灰白色的石头
处在天空和群山
轮番的重压下。也裸露在
阳光、星斗、风云、雷雨和时间
无常的旋涡中。没有佛形、人形、兽形
不是放大的拳头，也不是
缩小的心脏。上面没有碑文
身下也没有埋人。刨开四周的泥土
没有发现榕树和曼陀罗
无处不在的根蔓及尖锐的竹笋
蚯蚓、臭虫、蚁群，先于它逃亡
抛下的尸骨已经变成了土
飞鸟不在它身上栖息，月光
始终没将它磨成镜子。它不反光
它的内心没有投影和记忆
释迦牟尼曾在几十公里外设坛讲经
留下清澈的河山、信徒和寺庙
它没有听见、没有看见、没有感应
抱着石头的本质，彻底断绝了
成为纪念碑的可能性……
基诺山上这块石头，是我说的尽头
如果你见到一块
与之截然相反的石头
那你提供的是第二种尽头

脸谱

博尚镇制作脸谱的大爷
杀象，制作象脸
杀虎，制作虎脸
他一直想杀人，但他已经老朽
白白地在心里藏着一堆刀斧

我

我是来自雪山的瘸子
不想跟上时间和流水的步伐
我是腾云驾雾的盲人
拒绝放射内心枝状的闪电
我是围墙外徘徊的哑巴
为了紧锁喉咙里的诉状、雷霆和秘密
我是迷宫里的左撇子
醉心于反常理、反多数人
我是流亡路上的驼背，弓着的
背脊，已经习惯了高压
我是住在大海里的聋子
一生的假想敌就是电杆上的高音喇叭
我是雨林中修习巫术的六指人
多出来的器官，我把他们献给鬼神
我是六亲不认的傻瓜
反智的年代，喜欢当马戏团的演员
我是理发店里神经质的秃头
偏执地要求手上拿刀的人
数清我满头来历不明的伤口
我是巨人国中心神不宁的侏儒
有人替我挡乱世的子弹，我替人们

收尸、守灵、超度，往返于生死两界之间
我是诗人，一个隐身于众多躯壳中
孤愤而又堕落的残废，健全人拥有的一切
我都没有权利去拥有
就让我站在你们的对立面
一片悬崖之上，向高远的天空
反复投上幽灵般的反对票

荒山上

在靠近老挝的一座荒山上
碰到一条草丛中啃食骨头的白狗
它弓着的脊背、腹部上甩动的
一排乳头、肮脏的白毛
开显和勾勒出了一种很少有人抵达的
尽头上的落魄与孤苦
四周几十公里没有人烟
它是不是丧家犬，我不知道
它的喉咙中不时发出呜呜的响声
牙齿与骨头不停地冲突
激烈的破碎之声，让我觉得
它是在啃一块石头，或者
是在啃自己的骨头
我内心惊悚地坐在山顶，看悬崖、峡谷
远山和落日，互相没有打扰
甚至从我来到又走掉
它都没有抬起头，看我一眼

病房

有人给我洗头、换血
结扎，四十八年来
都在重复，一天都没缺席

我瘫痪于世上，身体
已经是废墟，但我仍然是一个
浪漫主义者，动一下邪念就等于革命
为了象征性地活着，我会耍一些
小花招：不按剂量服用药物
向美丽的小护士谎报
体温和心跳的次数。给我主刀的
医生，是个赣南人，迷恋诗歌
他常常单刀直入："只要我愿意
我能打开你舌头上的枷锁，能摘除你的
反骨，不过，你的秘密，我们已经
毫无兴趣！"我对着他磨牙、吹口哨
翻白眼，一直没有向他泄露我
残存的愿望：自杀或者登高
也可以合二为一，在登高那天
果断地自杀。某位大人物
曾经是我的同伙，他在病床前坐下
我就装死，他贴着我的耳朵说
"我已替你写了悔过书……"
我突然死去活来，在白色的被褥里
剧烈地抽搐。然而，一系列的花招
都被他们识破，主刀医生一边替我
开膛破肚，一边叹息："多么洁白啊
这一根根反革命的骨头！"
他们从不麻醉我，我就这样在革命
与反革命之间，气息奄奄地亡命
头顶上悬着的那盏刺目的
不让我入睡的、我又无法击碎的日光灯
它目睹了我被觊觎、被抵押
甚至早就被遗忘的双重命运
但我还没有被送上人鬼互谅的审判台
我还得持守一个无谓牺牲者孤立
的尊严，继续愤怒、挣扎和受难

李　冈

洞庭秋声

一

卸了妆，一切复归于平淡
树叶随阳光愈走愈远，它们顺从的风
已经乘着尘土的翅膀
在洞庭的肩上四处奔跑

裸露的湖床上，水草聚散无常
时刻留恋着一点一点远离的故乡
太多的离别，注定发生在秋天
透明的宿命，似乎在这个季节
要烙上恨与别的印记。千里烟波
无法安抚一寸思愁

湖水有些凝重。如同流经中年
有些收获，更多的是回眸的感伤
美丽的流逝，沉重的叹息
只有残月才能映照出埋藏心底
多年的秘密
你说，该是哪一出安排了我的前世今生
在迟来的落花里，在薄薄的时光中
安放人生的秋天

那么，就留住洞庭最精彩的情节吧
袅袅秋风中，木叶依旧绿着

二

西望过去，洞庭是一阕瘦瘦的词牌
淡雅的格律透着凉意
一声一声的唱和之后，月会更冷
水会更皱，窄窄的秋风里
雁阵时缓时急，穿行在南飞的诗行中
掠走了洞庭的丰满

昨天的那一叶扁舟
和夕阳一道消失的帆影
终究载不下盛唐的忧与伤
湖水浩荡，心事沧桑
一世的功名几经濯洗后
在洞庭的秋夜　无助地彷徨
琵琶声远去了，抚琴的人在轩窗外
目送细雨斜斜，渔灯隐约
渡鸦撩动着梦境，朦胧深处
多少人夜卧兰舟，枕了一湖秋水
被巴陵的酒醉湿，半盏时光，半盏馨香
别了那来时的声声马蹄
将一季的思念
盛满洞庭的秋

三

湖烟升起，我们熟悉的语言
从湖底漫上来

秋色染遍了灰色的背景
湖苇恍如一道城墙，围成另一个家乡
湖水在血管中尊严地充溢
灵动的血性，自由的奔忙
即便渔歌初歇，箫声渐远

也不能阻挡我们的视线
找到金黄的鱼舱
曾经的网，自如地挥洒成
坚实的希望

湖烟，这面缓缓升腾的旗帜
无数次举着它淌过流年，风雨无阻
再遥远的星空也有亮着渔火的梦乡
飘过来，飘过去
早已将四季托付给洞庭，而只有洞庭的秋天
才会在期待中泛着波光

四

必须调整姿势。
这样端坐，如何能抵达古人的意境
记不清第多少顷波涛了
拍岸的声音　只在清醒时响起
一记一记
多像我这一生日益重复的声息

就在这个朝代打住
献礼是我无比丰盛的四十一个秋
在湖边，衣袂在秋风中飘飞
我临湖而坐，将朗吟收起
可是，任凭我极目四望
也找不到昨天的来路和明天的
归期

五

今夜，再明亮的月色也无法镀亮
所有的无眠，与清风为伴的人
与他干净的灵魂一道不辞而别

带着一生的热爱，匆匆抛下了眷恋的江湖
连轻轻的挥手，我们熟悉的儒雅也未曾留下
便和大地紧紧相拥了，那里湖山灵动
曾令他梦绕魂牵，而今，一抔黄土
又怎么容得下那么多深情的歌吟

无数次亲手设计的生离死别
今天却被无情地复制，先生
你怎舍得这洞庭夕照，如诗似火
怎舍得这金鹗秋色，菊桂飘香
怎舍得这些经年流淌的经典
泪流成河，思念凝成霜！
西辞了寒柳，故人依稀
从今后，只能怅望于长亭外
听杜鹃悲鸣，声声啼血
看那些文字羽化成蝶，翩然于
我们的精神上空

还有多少新的绝唱，注定
要成为今生的断章了
就像今夜的潇湘月，必定美得残缺
先生，你是人世间辉煌的过客
转身而去的仙风道骨
承载了太多的精彩
累了，就放下吧，放下所有的悲欢
其实，你的人生永远没有谢幕
经停一个驿站后，在西风中掀开另一个章回
那里的河谷不再荒凉，清菊正恣意开放
那里，依然有连绵的喝彩和
驰骋的文场

李　皓

大雪大连

大雪有多大
大雪比大连还大

一枚硕大的雪花连着另一枚硕大的雪花
就是大海连着大海，就是这个早晨的大连

一枚硕大的雪花
譬如大如席的燕山雪花

它能缚住谎言、迷乱、光鲜、旧梦乃至道路
一枚雪花就是一个词

母亲对大雪有独到的量化——
风一瓢，雪一瓢

那是无数个词，就像母亲的唠叨
化了，就是一个字

家。小到不能再小
大到不能再大

红嘴鸥

去昆明，你无法不与红嘴鸥相遇
这些抹了口红的昆明市民

让你觉得这一片高原
有不言而喻的美

这些美，来自滇池，来自翠湖
来自每一只从西伯利亚迁徙而来的鸟
它不只是来过冬
更是回家

翠湖里的红嘴鸥，显然
比滇池里的红嘴鸥更加悠闲
谁叫翠湖是滇池的一个港湾呢
是港湾，就有避风的意味

而海埂，显然有些格格不入
它把八百里滇池逼到一个山脚
让红嘴鸥在飞翔的时候
不得不相互躲避对方的翅膀

那些无法飞翔的红嘴鸥
此时正在翠湖里追逐一只野鸭
它们的仗势，贪婪，占有欲
像极了那些虚伪的人类

看来在昆明，除了风
我还要躲避这些低头不见抬头见的家伙
我用一袋饲料讨好它们的同时
也必须搞清自已，到底是何居心

经停记

我是个功利主义者，我只在乎
旅行的目的地
至于这一趟航班到底经停哪个城市

我像忽略一个自我感觉良好的女人一样
忽略这多余的一个起落

我实在无法从这预设的行程中剥离
那一张过站登机牌将我裹挟
我在候机区内，用二十分钟或者更短时间
呼吸了第三方城市的空气
然后，草草收场

这一次抵达如此不明不白
就像我毫无准备地离开北方一路向南飞去
我来不及更换的衣着
不伦不类。像一个小丑
夹杂在头等舱、公务舱的人群当中

分了等级的乘客仿佛在机舱里拔河
这一条绳上的蚂蚱，以经济舱居多
但命里的过往和必然的停留，谁都无法幸免
空姐的脸上闪过一丝不易觉察的笑容
瞬间修复了我敏感而脆弱的神经

埋伏

霾是雾的一种埋伏。这么多年
雾始终在台前，肆无忌惮地掩盖
那些疑点重重的真相。而处于幕后的霾
总是一次次被我们忽略，甚至忘却

霾到底有多么狰狞？它的阴暗
像一个黑色的口罩，堵住我们的嘴
可说的，不可说的
都被蒙上了一层面纱

可是我终究要说出
说出你神秘的爱有一丝狡黠
说出你的横空出现是旷世的设伏
你瞄准了我的优柔寡断，善良和脆弱

雾是药，迷魂，让我感冒
霾是武器，逼着我交出隐匿已久的内心
而我们热切期盼的冷风啊，此时
却有一搭没一搭

李　犁

大风

1

大风搬运着山河，故乡不动
大风搬运着夜晚，星辰不动
大风搬运着道路，远方不动
大风搬运着庙宇，信仰不动
大风搬运着朝代，人民不动
大风搬运着容颜，爱——不动

风刮起来，心齐得像一支队伍
衣衫褴褛，却遮天蔽日
这是心拧成的草绳，也是草绳卷起的飓风
汇入大海就是海的浪尖，汇入熔炉
就是一柄剑，汇入成吉思汗的马队
就是疾风骤雨，汇入更多的心里
就是凝固的长城

2

我意识到风，是中年以后
那时已经中断写诗很多年
我希望风能往回吹，把我的女儿变小
不让她远走高飞，我驼了的背是她栖息的窝巢

戴上年轻时候的容颜，我
与过去的自己握手言和，再

找个扳手，板正扭曲的脊椎
随手拧紧松垮了的情绪、青春和牙齿
一顿喝几大碗的酒，一晚上写几十首诗
像风一样去追那个女孩，她的眼睛
是最深最凉的井水，我的青春是裹着热汗的马匹

为了避免悲伤，就吹到中学为止
重新书写面前那份考卷
我走过的路就要被涂改，我会遇到另外一些人
另外一些事，另外的快乐与烦恼

唯一请求风别把我写诗的笔吹掉，这是我的瘾
多次想掐灭它，又一次次不点自燃
但是但是，继续保留这个习惯
我的一切仍与现在一样
风可以改变江山，却无法移动人的秉性

3

风也是一条河，比河更性情
风与风相遇，掀起的波浪耸起来
成巨蟒。那些雨
就是它身上的鳞，零星落下来是金子
成片落下来，巨蟒一样倒下来
就是灾难

风是无辜的，伤及身旁是因为它的自由主义
受惠的也是
狂奔，散步，还是坐下来小憩
都源自内心的波涛
或者是身体里潜伏的毒

风有时也回旋，并非是出尔反尔
只是性格中的驴性，无羁又无为

风不需要方向，也不需要抵达
吹，向四面吹，咬着牙吹，像刮痧
把天空刮得气血偾张，把大地刮得皮开肉绽
但一直不能把弓着的腰拉直
更不能把我吹成你，把黑吹成白
那些在风中现了原形的，是自己露了马脚

风无影，更无言
能看见的都不是风，而是借风涨势的事物
或者是灵魂脱下的外壳

4

那些随风而起的都是很轻的物质，譬如尘埃和草屑
风中它们品尝了飞，有时候也扶摇直上
但它们从没耀眼过，最后被甩进河里、旷野、街道
人的脸上、吃饭的碗里，被当作败类
那落在情绪里的就成了一种坏，爆胎了
一个人或者一个时代

风无法带走有根的事物，譬如最渺小的草
还有植根于人内心的火苗，不论风从哪个方向来
哪怕台风、旋风、所有风，都无法将它扑灭
而且风越大，火苗长得越快

5

风吹着我，把我从摇篮吹向田野
从故乡吹到异地
把红苹果吹成烂核
把峻岭和沟壑吹上脸颊
把灵魂也吹成一缕风
飘在空中
找不到落脚之地

这样的时候，我就望着北方
希望风把我向北吹，吹到故乡的天空就掉下来
掉到母亲的坟上，掉到母亲的骨灰里
成为母亲怀里的风，直接进入
母亲的梦

6

我喜欢这句：春风大雅能容物
花朵与蛇、人与鬼，把酒言欢
多大的度量，多兴旺的春天
我喜欢在这样的风中梦游
所到之处都是张灯结彩，五谷丰登
屠夫放下屠刀，巡捕猜拳行令
苍蝇拖着长裙舞蹈
穿着燕尾服的老鼠手持权杖指指点点
我掐了一下手臂，想问自己
这是阳间还是阴府

天气被折腾热了
那粘在脖子上的风就是猪下水
油腻腻黏糊糊
直把烦躁滚成了
雷火

李　南

头戴星星的人

能再次见到你，先生
这样真好。
在这罪恶的索多玛城
我们还能谈诗、赏画，聊聊家国
还能在飘着细雨的小街道别
这样真好。
先生，秋天的北京城
不是我们的城
我们是异乡客，红色祭品
和头戴星星的人。
长安街上滚过雷霆
又在京剧的唱腔中缓缓停住。
所有的路灯不明也不暗
让人分不清白和黑、南和北……
就此别过吧，先生
让快递公司带来南方的好消息
一路平安吧
愿上帝的手解开捆绑我们的锁链。

写诗

我写诗，长诗和短诗，失败的诗
不能发表的诗……
从一个人的伤口到辽阔世界的疼痛
从青春年少写到了老眼昏花。

常常，我在白纸或电脑前
迷失于词语的森林
而找不到一柄刀和一支枪。
偶尔，我也会走到窗前
看一眼雾霾中的北京城
它抖动着威严的紫色大袍，未能使我免于恐惧。
我也时常在古典和后现代岔路口
左右摇摆不定
更多的时候啊，我只听从女神引领
给草药加点蜜——把泪水熬成了盐！
诗歌的桂冠请你们去领受
我的野心不大：
在浩瀚的文字中留下，哪怕是一小行诗句
沉甸甸的——像金子。

生日

没有人记得这一天了
也不需有人记得这一天了——
生命中有山有水，有神的爱
我的心，已超越了这些凡俗小事。
还好，没有一根白发来要挟我
还好，我昨天破败的样子没有被今天看到。
我走进一家咖啡厅
卡布其诺泛起陈年往事：
在巴音艾力草原
我暗恋过一位骑手。
这些年，我培植屈服的韧性
喂养心中的鹰。
对于过去的岁月，
我有降卑之心和不敬之罪。
现在我查看香樟树漏下的光影
我终于可以从容地迈过夏天的门槛。

李少君

修行

流水围绕着山在转
小狗围绕着野花在转

风围绕着经幡在转
藏族女子围绕着寺庙在转

虔诚啊
这些日夜痴迷的修行者

我的心
也一直围绕着诗神在转

敬亭山记

我们所有的努力都抵不上
一阵春风，它催发花香
催促鸟啼，它使万物开怀
让爱情发光

我们所有的努力都抵不上
一只飞鸟，晴空一飞冲天
黄昏必返树巢
我们这些回不去的浪子，魂归何处

我们所有的努力都抵不上

敬亭山上的一个亭子
它是中心，万千风景汇聚到一点
人们云一样从四面八方赶来朝拜

我们所有的努力都抵不上
李白斗酒写成的诗篇
它使我们在此相聚畅饮长啸
忘却了古今之异
消泯于山水之间

潇湘夜雨

回到故乡，街道是新的
开出租车的司机居然不会讲当地话
大楼是新的，旋转门也是新家伙
进进出出花枝招展的女孩一看就是新来的
超市的油漆还未干，散发着呛人的气味
二楼的星巴克也是新搬来的

服务员装模作样的服装很新奇
还好，到了夜晚，坐在家里
我打开窗户，听了一夜雨声——
只有这个是熟悉的
这淅淅沥沥下了一整夜的雨啊
就是著名的潇湘夜雨

盛夏

经过一夜暴雨的刷新
清晨，在雨淋淋的枝头上
夏天盛大的一轮红日新鲜出炉

随后，各种声音都响亮起来了
浩荡的风，轰鸣的蝉
但最嘹亮的——
仍是晴朗蓝天之下的那一阵鸽哨

良人

春天，燕子会准确地寻到一户好人家
觅食筑巢，安居生子
这户人家一定会有一个良家妇女
擅长持家，会女红，知书达理
她会叮嘱孩子们不要调皮捣乱
不要去惊吓嗷嗷待哺的小燕子
她还会照料屋前门后的花草和菜地
每个周末，会有一个蓝袍先生从城里回来
她会低眉顺眼地喊他：先生

——那是民国的一个初晴天
阳光明媚，春光烂漫
可以预料明天也准是一个好天气

云国

多年来，这风花雪月的国度
在云的统治下，于乱世之中得以保全

耽美的闲适家们悉数沦陷
一边是苍山，一边是洱海
左手是桃红，右手是柳绿
最适合做白日梦，或携酒徐行

深夜，店家坐在冷清的柜台前

掂量着手中的银子和几钱月光
当全球化的先遣队沿高速公路长驱直入
虚度光阴的烟霞客也开始有焦虑感

依靠三塔能否镇定生活和内心?
至少，隐者保留了山顶和心头的几点雪

草原上的醉汉

草原上野花烂漫，酒瓶满地
醉汉骑在马上，东摇西晃
但就是掉不下来

传说人醉后灵魂会出窍
相比身体，灵魂走得有时快有时慢
所以醉汉一会儿往东一会儿往西
追寻着自己的灵魂，生怕丢了

草原上的醉汉不会迷路
忠诚的马会把他带回家

李元胜

青龙湖的黄昏

是否那样的一天才算是完整的
空气是波浪形的，山在奔涌
树的碎片砸来，我们站立的阳台
仿佛大海中的礁石
衣服成了翅膀
这是奇迹：我们飞着
自己却一无所知

我们闲聊，直到雾气上升
树林相继模糊
一幅巨大的水墨画
我们只是无关紧要的闲笔
那是多好的一个黄昏啊
就像是世界上的第一个黄昏

紫色喇叭花

晨光里，我想拍好
紫色的喇叭花，但相机力不从心
镜头没法解释如此美的紫色
始终犹豫着，在红和蓝之间
而我，只能看到酒杯般的花瓣
美得过分的紫色，斟得太满
简直就要溢出，它经过漂亮的曲线
突然收窄，仿佛那里有

不想公开的楼梯
漆黑的地下室，凌乱的砖头
遮掩一条神秘的路
在路尽头，没有紫色，没有相机
世界尚未开启，我们尚未出生

空气

那个死去的人
还占用着一个名字
占用着印刷、纸张
我的书架
占用着墓穴，占用着
春季最重要的一天

那个离开的人
还占用着机场和道路
占用着告别，占用着我的疼痛
所有雨夜

其他的人
只能挤在一起
因为剩下的地方并不宽敞
他们拥挤在一起
几乎失去了形状

每天，每天
我眼前拥挤着空白
我穿过他们就像穿过层层空气

十年

我们有着某种速度，像火车
车头向前，车尾永远留在原地
人在远行，故乡留在原地
最爱的人留在原地
一切不过是撕裂、无限拉长的
道路，逐渐增加的空虚

李自国

嘉陵江，与一条停泊晚清的盐船

“故天运当以日光明。是故阳因而上，卫外者也”
——《黄帝内经·素问》

1

如同天地俱生，万物以荣
那时的嘉陵江……
那时的果城、绸都一幅山水、渔歌唱晚
那时的釜溪河……
那时的灯城、盐都天车林立、花谢花开
掌灯时分，当夜晚被一只只鹤鸟放晴
当嘉陵江拖着晚清长长的辫子，舞动宽宽的水袖
在一抹辽阔无尽的流水中，月亮、画桥与乡愁的波澜
浪出一段水上古丝绸的软语
或寸断衷肠，或烟雨翩跹

2

行走的嘉陵江，行走的两页书简
一如行走两岸的凌云山峰，满江飞鱼与红颜
被那匹水中绸缎保护千载万载的蚕梦，充盈于
故国之桑湄，充盈于在山之南的——南充
而我来时已晚，我原本的职业是太医
我的前世今生也如一介船夫，挟两袖雷霆
上溯你的源头，你的上源让白龙江、西汉水怒目圆睁
在朗木寺镇的若尔盖草原，留得万世芳菲

留得九曲回肠之伤感，又让多少豪杰立马横江
在你的秦岭西南，锄禾躬耕于云水之间
多少怀念汉唐的雨，被嘉陵江水唤回而浣纱浇园
你破釜沉舟挥斥鸦片，身佩的宝剑抽刀断水
一雨成灾、一语成谶，竟使多少朝廷的官兵，落水
而逃之夭夭

3

安身立命的船夫，让江水如刀，刀刀刻岁月
九死一生的船老大，使嘉陵如谷，谷谷荡清风
一江春水何处流，一世船工江水里暴走
月浅灯深，越走江水越荒芜，当我从身体之外的流浪涌途
醒来。满滩的江水不知去向，却留下时光的斑点
我一生一世的浮沉，竟被你一次泅渡，或因
你的一次颠簸而成为命运的捉弄吗？
野码头！野码头！更远的江面，渐远渐近的
拉纤号子声中，缓缓驶来一条自流井的盐船

4

不敢轻叹逝者如斯夫的滔滔嘉陵水
不敢轻翻熙熙为名而来，攘攘为利而去的那张
被命运安排的底牌。在我早年习中医、识人间百病的
漫漫长路，阴阳五行学说渗透着我，此使志生
《黄帝内经》《神农本草经》打通我的筋骨
与血脉，打通一条条盐商开启的灵河
而我与生俱来、与盐沾身、尤遮尤拦
那时晚清已晚，民国不民，南充的内心已空
唯有阆水与渝水润泽万物而映照乾坤
完成水中最后的长篇。哦，盐帮菜带来的
潮水暗涌，贡井老白干如千载盗梦者的炊烟
袅袅呼号朱雀山下那个婉约的柳姓女子
留下弱水三千之后，内心的情愫纤尘不染

一抹云烟中的盐场，一泓秋风里的川北绸缎
携载千卷朝霞涉江而来，月亮的巫师一脸潮红
高挂中天，酿造出一个个人间童话
与分离时的苦难

5

哦，嘉陵江，嘉陵江，依旧沉睡在古老渔光曲里的
嘉陵江，你鲸吞了我半床的相思、半生的磨难
如果我已从晚清的荣华故梦里，蛰伏
我的咆哮我的呐喊，直至生命与骨血的
沦陷，那么就让我的魂魄从那条斑驳盐船上的
旧时光里，盗走尘世眼泪中珍藏的
——那把盐

梁　平

燕鲁公所

古代的河北与山东，
那些飘飞马褂长辫的朝野，
行走至成都，落脚，
在这三进式样的老院子。
门庭谦虚谨慎，青砖和木椽之间，
嵌入商贾与官差的马蹄声，连绵、悠远，
像一张经久不衰的老唱片，
回放在百米长的小街，
红了百年。

朝廷怎么青睐了这个会馆，
没有记载。最初两省有脸面的人，
来这里就是回家，就是
现在像蘑菇一样生长的地方办事处，
在不是自己的地盘上买个地盘，
行走方便，买卖方便。
后来成都乡试的考官，
那些皇帝派下来的钦差也不去衙门，
在这里，深居简出。

砖的棱、勾心斗角的屋檐，
挑破了大盆地里的雾。时间久了，
京城下巡三品以上的官靴，
都会踩这里的三道门槛。
燕鲁会馆变成了公所，
司职于接风、践行、联络情感的公务，

如此低调、含蓄、遮人耳目。
至于燕鲁没戴几片花翎的人，
来了，也只能流离失所。

燕鲁公所除了留下名字，
什么都没有了，青灰色的砖和雕窗，
片甲不留。曾经隐秘的光鲜，
被地铁和地铁上八车道的霓虹，
挤进一条昏暗的小巷。
都市里流行的喧嚣在这里拐了个弯，
面目全非的三间老屋里，
我在。在这里看书、写诗，
安静得可以独自澎湃。

成都词典·草市街

我就是你的爷。
那一根压死骆驼的草的遗言，
在旧时草垛之上成为经典，
草就成了正经八百的市。
过往的骡马，
在堆垛前蹬打几下蹄子，
草就是银子、布匹、肥皂和洋火，
留在了这条街上。
然后一骑浩荡，
能够再走三百里。

草市街只有草，
是不是压死过骆驼并不重要，
草本身与交易无关，
都是人的所为。
至于沾花的偏要惹草，
草很委屈，即使有例外，

也不能算草率。
驴与马可以杂交，
草不可以，
草的根长出的还是草。

他在那根的血统上，
忠贞不贰。在灯红酒绿里，
把草扎成绳索，勒欲望，
勒自己的非分。草的上流，
草的底层，似是而非，
在不温不火的成都，
一首诗，熬尽了黑天与白夜。
草市街楼房长得很快，
水泥长成森林，草已稀缺，
只剩下心里的几星绿。

成都词典·走马街

走马的街上，
马尾巴甩出的声响，
比那时的辫子还要招摇。
辫子没有阶级，
马屁股的肥硕与瘦削，
看得出花翎的尺码。
一拐弯就是都督衙门，
都得滚落下马，
官靴与马蹄经过的路面，
印记高低深浅，
都是奴相。

马已经不在街上行走，
这里的人成了群众，
有群为众。

他们在这条街上日晒雨淋，
手里捏着发票，
餐饮或者住宿都有，
以面值兑换现金，
折扣面议。
尽管很多人不搭理，
我相信这里有好生意。

拐弯就是现在的首府，
貌似井水不犯河水。
他们见不到里面的人，
里面的人也不会来联系他们。
汽车代替马，
久远了。
他们没有骑过马，
也应该没有坐过像样的车。
如果眼睛发亮的时候，
一定是泊了豪车，
以及飘过来楚楚衣冠。

他们姓甚名谁不重要，
就是聚众的一群，
站桩的、流动的、搭伴的，
三三五五，三班连轴，
成为这条街上，
最谨慎、最活跃的一群，
成为冷风景。
那些发票都是真的，
那些交易也是真的，
那些他们记住的脸面，
不是真的。

刘　川

最后的地球

太阳
慢慢从地球里出来
太阳
就像红艳艳的瓜瓤
地球
就像乌黝黝黑漆漆的瓜壳
每一天
它都像瓜瓤被挖走
我们居住在它扔掉的空壳里
不停地生儿育女，已经把瓜壳装满了
苍蝇还忙碌地生儿育女，已经把瓜壳装得满满的了
我们想过没有
明天该把儿女生在哪里

小时候，大人说小孩子都是大水冲来的

我哥哥出生在 1973 年
我出生在 1975 年
我妹妹出生在 1977 年
我弟弟出生在 1979 年
1980 年政府给我妈做了结扎
如同拦了一道大河坝
终于截住了从上游
一路漂来的大大小小、男男女女
无数个姓刘的孩子

他们是夫妻吗

他掀开垃圾筒的盖子
找吃的
她掀开另一个垃圾筒的盖子
找衣服和鞋子
他俩是一对夫妻吗
天天形影不离
靠这个广场十几个垃圾筒生活
他俩分享着一根蔫黄瓜
半盒剩饭，连鞋子也一人一只
他俩是一对夫妻吗
这是每个过路人心里想的
有时看见路上一男一女在打架
男的踢了女的，或女的挠了男的
每个过路人也会在心里想
他俩是一对夫妻吗
这么多的苦不问一问是如何出来的
为什么大凡一男一女在一起
每个人都会在心里想：
他们是夫妻吗

如此夏天如此过

天这样热
我流着汗
身体越来越干
如果被风吹走了灵魂
我就成一条肉干了
之后又是滂沱大雨
把我泡得鼓胀鼓胀

死猪般浮在水面上
双手触动着黄昏
天晴时分，河面上的夕阳
像血一圈圈扩散

忍耐，再忍耐

因为长久的忍耐
我肚皮越来越大了
就像一个男人，居然怀上了一个胎儿
可我没有产道
也许只有历经剖腹产
才能让他来到人间
之后刀口缝合，留一道暗紫色的疤痕
并无大碍，只是我担心
生下的是一个巨大的浑身冒火的
魔鬼或怪物
因为我毕竟忍耐得太久了

黄昏大街

我回家，我要穿过一条
又一条街，我不能停下来
我累得半死，我要回家
我等红灯信号，我终于站住
我好高兴，我有了三十秒空当
我就顺便数了数
身边不属于我的大街
原来有八九条
街上密密麻麻的，满是不属于我的大腿
虽然不属于我
但也同我的一样疲惫

也同我一样，正忙着把身子和脑袋
扛回有一口饭、一堆亲人的家里去

左膝关节

一到阴雨天
我就脑袋疼
我的左膝关节也疼
一到阴雨天
我就脑袋疼
我的左膝关节
总是与之一起疼
阴雨天我一思考
厄尔尼诺温室效应
臭氧层漏洞
人类越来越恶劣的生存气候等等等等
脑袋就疼
我的左膝关节也疼
这样的情形
已经持续十几年了
我的膝关节啊
你也是我的一个脑袋吗

刘　年

悲歌

为什么悲伤如此巨大？为什么欢愉如此短暂
为什么，我如此眷恋生命
我应该如何向你描述我的远方
佝偻在土地上的人，天边的北斗七星，是永远拉不直的问号

大西北

我的孤独，像阴山；我的忧虑，像祁连山
我的内疚，像白雪皑皑的贺兰山
只有一望无际的辽阔，才放得下
这是我一次次，像落日一样，走向地平线的原因

巴彦诺日公苏木小镇

“天上没有鸟，地上没有草。三年一场雨，风吹石头跑”
等车的时候，我默默地记诵着当地的民谣
这么长的一个镇名，却只有很短的一条街
而只有一米六三的我，却有一个好几丈长的影子

祈祷

把北京当作一座金碧辉煌的庙宇，我法号刘年

把孤独当作一种修行，我以剁椒和汉字度日
我慈悲天下，小心下床，不敢伤及胆小的蟑螂

请上天，保佑我老家的儿子、妻子和母亲
请上天，再给我十年时间，我想把喜欢的事做完
雾霾渐多，风云难测，也请上天，保重自己

在头门港

大地浮起来了，天空浮起来了，几万吨的铁，浮起来了
只有那条两寸长的黄花鱼，沉了下去

码头是新的，跨海大桥是新的，三台吊车是新的
只有黄昏如此陈旧。看海人的脸上，落了一层夕阳的锈

刘立云

堆满银子的地方

从北京日行万里，走到塔什库尔干
我才知道我们的祖国
有多么大，多么壮丽和富有
放眼望去，到处都是雪山
到处堆满白花花的银子
像一座敞开的露天排放的银库
当我走到卡喇库里湖
用雪水擦亮眼睛
由九座雪山组成的宫格尔群峰
光芒四射，我认出它们是政府的银根
被调控的手紧紧捂住
静观潮起潮落
而比宫格尔群峰更高更巍峨的
那座，名声响亮
叫慕士塔格峰
它是国家银库中最沉最贵重的
一锭，富可敌国

然后。我们继续往前走
往天边走，往雪山顶上的红其拉甫走
那儿空气稀薄，青草爬不上高坡
但住着一群爬冰卧雪的人
一群被垂直照耀的紫外线照得
脸膛发紫，指甲翻卷，乌黑的嘴唇
常年绽开几滴血珠的人

他们每天的工作，是抬头
数清楚天上的星星
低头，数清楚大地的财产

七号界碑

沿着它左右伸开的臂膀往两边看
你将看见山的裂痕
雪的缝隙；看见逶迤的高高举起的铁栅栏
峻峭地切割天空、大地和仅占平原百分之四十八的
氧；但更多的人看见雪峰、冰川、冻土
是一座站起来的大海，凝固的波涛
聚集十万匹白龙马，排空而去

没什么是可以混淆的。界碑这边亿万年
耸立的山冈，山冈上覆盖的积雪
和在大风中漫天扬起的沙尘
遍地滚动的石头，还有山冈在自身的晃动中
无数次微小的地震中，像河流般
流淌下来的雪末和粉尘
是我们的！而界碑那边的是他们的
界碑这边的天空滴下一颗露珠，或石缝中
偶尔长出一棵草，归我们；界碑那边
滴下的露珠或偶尔长出一棵草
归他们。最特殊的情况是，山巅上突然站着一只
黄羊或者雪豹，可能它不幸迷路了
正茫然怅望远方，但它向前一步
是我们的，后退一步是他们的
甚至天上的飞鸟和它们衔来的一粒草籽
也如此：落在我们这边，是我们的
落在它们那边，是他们的
甚至刮来刮去的风，飘飘扬扬的雪……

因此站在这里你必须睁大眼睛，必须
对我们这边的山冈、雪峰，满山
滚动的石头、漫天飞扬和流淌的雪末与粉尘
烂熟于胸。必须爱它们，哪怕在梦中
也要紧紧地把它们搂在怀里
包括爱它的酷烈和苍茫，爱它们永远停留在
零度以下的气温，永远也吸不够的氧
就像爱我们的父老乡亲、兄弟
姐妹，爱自己的发肤和手指
爱那个总在嘁嘁嚓嚓的电流声中
站在故乡的高冈上，失声喊你哥哥的人

陆 健

作品二号

头顶上的夜
白发像蜡烛的丛林
怀抱着哀告

我是常常祈祷的

可前面的人
不回头继续往前走
而后面的人怎么能解救我呢

向自己倾诉

有时我想生硬地离开艺术
拉泪而去，这首诗也不写
当看到街上的人群
和所有鲜艳的事物

这艺术何用
令我冥顽而专心，我因为它
而把自己逼上绝路

而枯萎，在纸上发动大水
而除此之外我还能干些什么

那思想，如一位盲目的领袖

带领着残废的文字
做着偷窃自己的勾当

那把插进海伦胸中的刀
那让刀死去的活的鲜血

菩提岛

绳缆把整张大陆
拉进了海洋。因为菩提岛

一个浪，掩埋一片红尘
我的心，向你靠近
我的躯体却弄脏了你

菩提仰卧水面，睡了千年
他一睁眼，世界一派昏暗
菩提拈花微笑，春天来到
一刹那，人间到处金光闪闪

岛屿看透我有生之年
奔波在菩提金沙之间

菩提岛又重新把绳缆
交还到游船手中
我又将回到以前的生活
一个浪，开辟出一段道路
我的躯体离你而去
我的心颤栗

菩提岛，你就是这样
宽恕了我们

天池边的一丛白桦树

天池边的一丛白桦树
在山坳未能遮住的斜面
叶子落尽，身躯斑驳

树们在剥着自己的皮
他们正倒下去，横七竖八
裸露出黑黢黢的骨肉

树们在揭着自己的疮疤
好像已经不知道痛
他们低着头，风也停滞了
那干裂的嘴唇，眦裂的眼眶

倮 倮

跑步家

——兼赠余丛

多数时候
跑步家从黑暗中出发
在黎明的万丈霞光中微微喘息
他喜欢看光芒涌现的样子
脚步越来越轻
有时候，跑步家从黑暗中
跑向更深的黑暗
他希望跑成一束光
驱散心中淤积的黑暗
更多的时候，跑步家
因焦虑而奔跑
左脚才从中年迈出
右脚已暮年
他要使劲跑
才能从中年跑到暮年

云南的雨

突如其来的雨袭击了一棵树
树哆嗦了几下，叶片上的尘埃顺着雨水流下
灯光和星辰把树叶擦得更亮
晚风也热情地拥抱了一下它

偶然相撞，与你

一阵微风撞上一场细雨，自然而温暖
你穿过薄雾和乌云而来，手心握着
仅有的光明。拳头攥出的汗是午夜密码

梦的喉咙发着炎，却唱出了美妙的歌声
树的皮肤下海涌起潮汐
旁观的积雨云欲言又止
一滴滴雨，一滴滴泪，一尾尾鱼
从梦的缝隙游入岁月的缝隙
被风扬起的雨花化作鸥鸟
掠过树梢，飞入失眠的梦里

亲爱的

亲爱的，几乎每天
我都会想你
酒后会想得更厉害些
想你月牙般细长的眼睛
想你玉盘般皎好的面容
想与你深情拥抱、亲吻
想抱着你，摸着你的乳房
沉入梦乡。想
醒来后，再次
咬你的乳头
山河壮丽，光阴如梦
我总把这一次当作最后一次
亲爱的，原谅我
从来没有想过你高贵的灵魂

独白十三行

请允许我欢呼溃败的到来

请允许我在狭长的梦里迷路
请允许我在教堂里高声喧哗
请允许我在春天虚度光阴
请允许我取出事物里蕴含的光
请允许我掏空身体里的山川河流
请允许我背叛友谊爱情和亲人
请允许我在阳光灿烂的日子里失踪
请允许我转身化作一股冷风
请允许我成为斑驳的墙上的旧挂钟
请允许我在广场上宣读内心的秘密
请允许我把人生直接翻到最后一页
请允许我削掉身边的人头顶上的光

我们说到了光

在某个语句的路口，
我们突然说到了光
有点猝不及防。光
集结成一束，但是它
并没有照亮雨中的道路。
说到光，我们有点紧张
抓起搪瓷杯大口喝水
紧张慢慢溶解在水里。
“哦，我们刚才说到哪里？”
我清了清嗓子问。
旅途上有光闪耀
有些记忆，有些片断
本身就是光。
从黑暗中盗取光
是一门古老技艺，只是
失传已久。

马 休

小故事

癞蛤蟆，每向前蹦一下
就要一个歇晌，好像累趴下，大肚子
呼哧呼哧喘气。
其实不是，
它只是要获得一个停顿。
云移过去一格。
一个农夫歇晌
坐在一块石头上吸烟，
好让世界去发生许多事。
让另一块滚累的石头
在一个奔腾的溪涧停住，从今往后杵在那儿。
（蜻蜓往水里一钩，嗖一声飞过去）
溪水摸过石头的头顶。
你的手
摸过我做梦的眼睛。

我拖着一个巨大的旅行箱
向飞机场飞快地跑去
因为在那儿，有一架停顿的飞机
马上就要起飞了。

鹧鸪

整个上午
鹧鸪坐在浓雾的家中一声声叫唤自己的名字

河对岸
所有走下楼梯的亡灵都以为自己还活着

盔

瓢虫，一滴打过蜡的泪珠，
在枝叶前沿——
世界的尽头。
它那幼小的背壳有宇宙穹顶的弧度

这被退远的纪念缩小的阵亡战士的盔
仿佛造物主的纽扣系紧自己——

一阵风刮过你白日梦的眼瞳
一只天鹅在寂灭的湖面上留下一道战国时代的斧痕

冬天

整个下午
一只在枝头哀泣的鸟
就像自己拆散的零件

那个将低俯的时光朝向案头的人
统领着他帝国的孤寂

小镇

这个小镇是一个打着死结的旧式领结。
街道太窄　多曲折，
就像那多虑的乡村绅士的女儿——

封闭于一个肺结核里的幽暗的嗓音。

荒凉的砖瓦厂　河水用旧岁月推它。
一个发展眼光的禁令在锅炉里憋闷。
在那个失业的司炉工的蓝色胆囊里憋闷。

一只鸥鸟倾斜的姿势，
接近于黄昏迅速的宗教。
一条鱼在水底下含住砖瓦厂的烟囱，
就像你用荒凉的旧时代的口唇
含住我的阴茎

青龙寺

背着手　像个地主
绕着青龙寺外的田园走了一圈

我看见青色的竹子像细致的风搭在村庄上的桥
藤萝缠绕的野树倾向于河面……
时间曾经停在那儿
一有水
便又活了

唉　大地上原生的事物
那植物的姿态依旧有你所没有的优雅的风韵

就像这高于村庄的青龙塔烧光了眉毛
现在它没有了面目
但时间也有向背

一个香客和一个和尚同时被一个域外的母亲生下来

马新朝

黄土一望

这黄黄的，略带灰暗的泥土
从脚下向远方奔跑，像海浪，没有骑手
从南阳，许昌，到洛阳，开封，安阳
它们一直在奔跑，没有骑手
这黄昏的大地，铁衣无光，蒸馍铺里的
二夹弦，无人承担，也无人流泪
黄土的门啊，关闭了多少人，关闭了多少血
时光因为遥远而长出疤痕
平原上，光秃秃的，一声吆喝
传出千里。我看不到五千年的古老
也看不到岁月的皱纹，没有老宅，没有古树
也没有疼痛，好像一切都在重新开始
有着无限生殖能力的黄土大地啊，为什么
长不出一个古老，这里没有记忆
只有现在，全新的现在。那么多的
古城遗迹，也只剩下一个名字
它们的身体和肉体，也随着魂魄和雨水
渗入深深的地层下。这黄黄的，略带灰暗的
泥土，有着铁锈的腥味，那是它
尚未消化完的卷楼铜剑，还有人的
苍老的咳嗽，这深远的空洞的泥土啊
还在关闭。回荡的风，弥合着所有记忆的裂缝
那个开手扶的人，一脸黄昏
他无人认领

幻象平原

1

平原上无法藏身。别的事物为了显现
往往会寻找一些替身，那些移动着的人和树，也许
并不是他们自己

2

跟着风跑，或是结在光线的枝头
傍晚，它们挤在一条乡土路上，晃动，变形
活着的，死去的

3

平原上依旧保留着
月亮的圆，和它的光辉，像一件旧的仿真古董
内容已被掏空

4

一个人不断被删减。减去枝叶繁华
词语的修饰，减去内心风暴，使他不再摇晃
他的话越来越少，后来只剩下骨头
在大地上行走

5

散落，碎成大地
因无力收拢，而四处流淌
即使站立起来，也是一个失败的人

6

四野茫茫，像摊开的书页，无人翻动
河不在河里，水不能在水上行走
三两个坟茔，缓慢地移动

7

没有了指向和地址，泥泞的
路，长时间地在原野上蠕动，摸索
有时，也会变成人，混迹于城市的楼群中

赝品

那个蒸腾着水气的村庄
那个曾被夜间的勾勾秧，绊了
一跤的村庄，被砍断了头颅
随着露水渗入地下，或隐匿于
天空深处。村庄不亲了，像一个赝品
我看到我的大哥，和他脸上僵硬的线条
原来的大哥呢，他被谁置换
这里的夜晚深不可测，一定有过
非人世的历练。大哥守口如瓶，全部的黄土
封着了口。羊群和它们身上的白，还有
草丛中的蝉鸣，不是真实的
它们被谁置换？听起来那么空洞
像长虫退下的皮，飘散在风中
村庄深处一千年的魂魄，家家压在
箱底的魂魄，已经飘散
几棵花楸树，向上跳了几跳
它们想抓着几片云逃走，但没有成功
村边的涧河用它的重金属狠狠地抓着什么
向芦苇和岸上的槐树影子

反身向下

很久了，我没有再写颂歌。这
世间，值得称颂的事物已经很少
我反身向下，看到泥土，这身子下，脚下
还有屁股下的泥土啊，越来越低
人越高，泥土就越是低下。我反身向下
看到了宽厚的母腹和生殖，我向里边
喊了一起，有着人世的回声，敲打着木鱼
大平原上，一眼望穿，神，无处藏身
神就居住在泥土中，并在泥土里写下箴言
万有和律条。泥土躺着，关着永恒的门
从不言说。由微黄，深暗，和一点点
潮湿的颗粒构成，察看泥土，你
不能用眼睛，你只能用心，用命，你
只能反身向下。那些过于伟大，光彩，美丽的
事物，并不真实，也许只是一些幻象
无法触摸。泥土才是一切存在的真实
许多年后，许多高度之后，我
才重新在庄稼的根部，找到了这种真实
我反身向下，泥土里雷声轰轰，有着
蓝天，花朵，鸟鸣，还有
存放我们死亡的棺材

慢　人

在小区门口喊妈

有大半年　没回古蔺老家了
77 岁的母亲　和看门大爷
和嬉戏的孩童　和市声中的黄昏
坐在一起

“妈”
“你回来了”

我是大声武气地喊的
她惊喜地从凳子上弹起来

从小区门口到家门口
不足 100 米
感觉是一次穿越之旅

她的腰杆被喊直了
她的脚步被喊轻了
她的头发被喊黑了
她的眼睛被喊清亮了

“爱！作品本身对作者
就是一种奖赏”

事情　或许不像书本说的
那么简单

她是不是看到了已故的父亲
是不是回到年轻时的爱恋

在同样的黄昏
父亲也像我一样
莽声莽气喊她的名字

骨瓷

1

“轻。薄。透。耐碰
不轻易缺嘴”
机场售货员　跟我
聊起骨瓷餐具来

她反复提到“白”

当时　我只是闲逛
没想　她把我当作
志在必得的猎物

她把一只空碗　拿到
白炽灯下　照
确实很温暖　像是
盛满了一碗微黄的乳汁

她用同等材质的小勺
在碗边　敲
声音圆润　清亮
她说骨瓷里有音乐

“骨粉要占 30% 以上
不是所有瓷都叫骨瓷”

“你不知道　牛骨头
比猪骨头狗骨头都好”

2

她职业性地敲碗
她倒无所谓
她的这一敲
要了我的命

她不知道　站在她面前
是一个走神的诗人
一个为词所困　为形所伤
一个被豪车豪宅
美女美酒　击溃的
属牛的诗人

3

她的这一敲
把我的童年　敲醒了

“快磕头
祝祖祖活 100 岁”

“不会吧　到时我的骨头
敲得噹噹噹的响喽”

总有一天　谁的骨头
不敲得噹噹噹的响啊

作为诗人　我唯一的梦想
未来　人们读我的诗篇
会听到我的骨头
在我活过的时代
在汉字里敲得噹噹噹的响

毛　子

赌石人

在大理的旅馆，一个往返
云南与缅甸的采玉人
和我聊起他在缅北猛拱一带
赌石的经历
——一块石头押上去，或倾家荡产
或一夜暴富……

当他聊起这些，云南的月亮
已升起在洱海。它清凉、淡黄
我指着它说：你能赌一赌
天上的这块石头吗？

这个黝黑的楚雄人，并不搭理
在用过几道普洱之后，他起身告辞
他拍拍我的肩说：朋友
我们彝族人
从不和天上的事物打赌

匍匐之诗

畜生流露的悲悯
像灵魂更为古老的追溯期
哦，狮子的孤独，水牛的下跪，一只山羊
挨刀时的温顺……
今夜，从你们之中，我领取无尽的轮回

你们这些胎生的、肉成的兽类啊
也许真的我们曾为父子、母女、兄弟、姊妹、主仆、眷属
这是我越活越顺受、服帖，虚心的缘由吗？
它们的眼神回答着一切，那里仿佛
最后一块没有开垦的原始丛林
出没着最初的爱、宗教
和善的起源……

我的乡愁和你们不同

在宜昌，我并不快乐
我与周围的生活格格不入
为什么我一直在后退
为什么我快把没到过的地方当成了祖国？
它们是布拉格、伊斯坦布尔和维尔诺……

其实，那么多的城市是一座城市，那么多的人也是一个人
昨天，我打开台灯，帕慕克对我说
——我领会那个保险小职员内心的羞怯
而米沃什则说：我真的不知道波兰
但熟悉漆黑中的那条巷道……

真的很古老啊，那些我没到过的城市
像他们的晚年赶上了我
现在，我宁愿是一个没有国家的人
我的乡愁也抵触着
那块叫宜都的
出身之地……

慕 白

大江东去（组诗）

兰溪送马叙至乐清

“从一个晴朗的地方到一个下雨的地方，
实际上只需要一次短暂的睡眠。”

兰在雾里，芭蕉在雨中
兄弟，上午十点一刻的这场雨
再次令人失望，脚下的流水
不会再次让我们回到里秧田
回到我们失去的彼岸，钱塘江的源头

你低头坐进车子的身影
让我想起了古代友人江边送别
无言探向水面的沉默

水到兰溪，三江汇流，悄然合一
有如人的中年，低缓，宽阔，内心宁静
月夜漫步，中流击水，西门的桃花正好
今天第一班的汽车，或者最早的轮渡
也赶不上昨晚江边灯火中的盛宴

风很轻，日子会越来越平淡
一滴水不能和一条鱼，在同一个地方再次相遇
江的对岸，有人故意用古琴弹奏流水
小城故事，一次又一次重复那相同的别离
孤独的水流过一条兰溪，你又为何行色匆忙

于是寂寞滚滚流淌……

兄弟，兰溪，钱塘江的中游水系
各种各样的人行走在地上，没有人叫得出名字
命运如水，谁能准确预测自己未来的流向
这是一条别人的江，有人在上游点灯
以心为界，明天是谷雨，我也将起程
回到包山底。只是，我不知道今夜的江水
会在何时把我喊醒

千岛湖水祭

少带旧家具，多带新思想
道理虽浅，已经成章。墙上无名者的照片
有如向日葵，每个人都还长着前世的面容
一一活在贺城、狮城的农耕史上

山还在，水还在，子孙们都在
贺城，狮城，来过很多人，又渐渐走了
有的像我远亲，有的是近邻，半个世纪了
他们搬离阳光，去水底隐居
他们的姓氏连同乳名，很快被遗忘

城外的芹川，山路十八弯
水流九曲连环，水还是白色
山依然黛青，虽然黑白分明
山和水却从不开口说话，谁都不讨好谁
世界没有中心，一条河流走着走着
就迷失了方向，水底的村庄平静而安逸

离家千里，记忆与梦境很容易混在一起
顾名思义的那种孤独，相忘于江湖
一个人在小路上漫步，月亮是旧的
风中时常遇见古人，他们落英果腹，沧桑为饮

从一个地方到另一个地方，无须字斟句酌
人生改变其实很简单，有如某年某月某日
某人到此一游，本意是英雄救美，在水一方
湖边做巢，风花雪月。世间的每一寸净土
都是有花有水的地方，只要让心拐个弯
村庄虚影的背后，一条河流，加上另一条河流
就能到达上帝居住的天堂

身在水兮心在岸，虚幻的永恒
我们总是一厢情愿，想把镜花水月合二为一
太阳首先失去耐心，躲到山的背面
天开始黑下来，天空变得模糊
夜色很快沉默地努力向远处无限延伸
却始终无法与山顶的灵魂会合

宿桐庐同柯平、嵇亦工、马叙醉后作

钱塘江流到桐庐，我四下望了望
应该是富春江，雨后云雾，水流千里
听说这里的风光很好，琴溪香谷
有点武陵的味道，值得一醉

嵇亦工置酒，诗人柯平、马叙作伴
桐君、严光、章八元、方干、施肩吾
这些桐庐古人，无论哪一个，足够下酒
我们刚从淳安来，知道海瑞的规矩，允许醉酒
但酒钱必须干净。酷似一幅富春山居图
记忆中还有一个王姓大哥，自称土著
一直劝我多喝，他不可能知道陌生人的酒量
请原谅我一下子记不住瑶琳仙境，通天河
芦茨湾，江南古村落，这些历史的沿革
和县名的来历

每一个太平盛世，都允许有人不事王侯
酒醉之后，管他是为虚名来，还是厚禄往
一路上已看多了绿水青山，我以民间的姿势
走进今日桐庐，歌以咏志，如果酒醒得及时
我希望看到，五水共治之后，风烟俱净
天山共色，最美县城，不是道听途说
仙境与尘寰都高尚其事，值得我再次醉倒
在一个水皆缥碧，美丽的乡村

娜　夜

诗人之心

一本旧书
一个生词：职业革命者
上午的阅读停止了

以革命为职业
流血牺牲呢
我望文生义
浮想联翩

我已经很少浮想联翩了
下沉的还有我根须一样的想象力

像后退被前进绊倒
或者反之
我莫名伤感
眼眶潮湿

不是胸前佩戴过的红领巾
档案袋里沉睡的誓言
思想里的白发
而是一颗天真的诗人之心

首尔　早晨

这样早

一只喜鹊站在教堂的十字架上

我停下来
朝日在云中　在荡漾

一只喜鹊
在十字架上
它沉默
它不开口

——我们人类真的还有什么好消息吗？

而我已立下誓言：热爱以后的
生活　爱
索尔仁尼琴的脸

想兰州

想兰州
边走边想
一起写诗的朋友

想我们年轻时的酒量　热血　高原之上
那被时间之光擦亮的：庄重的欢乐
经久不息

痛苦是一只向天空解释着大地的鹰
保持一颗为美忧伤的心

入城的羊群
低矮的灯火

那颗让我写出了生活的黑糖球

想兰州

陪都　借你一段历史问候阳飏　人邻
重庆　借你一程风雨问候古马　叶舟
阿信　你在甘南还好吗?

谁在大雾中面朝故乡
谁就披着闪电越走越慢　老泪纵横

新年的第一首诗

它是大道
也是歧途

它不是哥特式教堂轰鸣的钟声
是里面的忏悔

仅仅一个足尖　停顿
或者旋转
不会是整个舞台

它怎么可能是谎言的宫殿而不是
真相的砖瓦
和雪霜

它是饥饿
也是打着饱嗝的　涉及灵魂时
都带着肉体

是我驯养的　缺少野性和蛮力
像我的某种坐姿

装满水的筛子……

娜仁琪琪格

观梦

我看到丽日朗照　看到大海的平静
看到两个朋友结伴相行　看到他们深情投入
而骤变　海涛汹涌　敏锐者丢弃了朋友
孤独　绝望　加大了后者的惶恐
他猛醒后的逃亡　那些救命的稻草
不能负重

我置身其外的观望　我高高在上的观望
我像神一样看到的发生　我焦灼而又麻木
我只能观望　落难之人变成了一只豹子的疯狂
豹子的突奔　豹子的吼叫　他没了踪影

我马上陷入了其中　我的一双儿女　我们在巨石上
劫难很远　劫难很近　劫难马上到来　焦灼加深了惶恐
我首先让他们逃离　保护他们逃离
求助离我最近的人　而他心不在焉
他别有旁骛

我殿后的保护　被吞没　被嘲讽　被遗忘

风　骨

我依然要开出美好的花朵　柔软　清澈
汁液鲜润　温情饱满　是生命使然
简单的绽放　必须经过逼仄的冷寒

利欲布施的阴霾浓重　泼出来的寒凉
黑加深了黑　天空一低再低　挤压的迫切
灰与暗　扭曲　狂妄　那些小　被我逐一看清

迎着风站稳　微笑着倾听肆虐　冷漠的围困
硬过坚冰　我依然是微笑的　取出锋刃
人怎可无傲骨　劈下去　混沌轰然倒塌　这开裂
使白更白　黑更黑　阴暗无法躲藏

雪　夜

终于降下来了　这洁白
落在干渴皲裂的一颗心上　落寞处　那些荒凉
被一条硕大无边的棉被覆盖　而它还在继续加厚
温暖在加厚　延展着柔软　白
延展着茫无迹崖　这清凉　它的甘冽
是上苍深情的眷顾

一切都静下来了　吵闹　叫嚣　虚掩的狰狞
一张一张的画皮　那些戏剧　纷扰的人群
渐渐收场　洁白铺天盖地　洁白铺天盖地
洁白铺天盖地——
多少美好在悄悄发芽　那些轻软的呼吸
来到耳边　那些毛茸茸的小手　伸展着嫩绿

我想停留在雪中　成为万千雪花中的一枚　蝴蝶一样
旋转飞舞　我是多么迷恋　寂静的旋律
我已落入其中——融化　静无声息

西瓦窑的天空

如何来记述这片城池　已在其中的

仿佛是遥远的彼岸　我望向天空的眼神一定有些痴迷
白云涌动　万象更迭　水色的天空把尘世洗蓝
又把自己照亮

在北京　我这个异乡人在人群中晃动　奔波
或退避一隅　经常怀念童年的天空
卷起风云与闪电　一个人的世界大雨倾盆
更多的时候是寡淡的忧伤

我一再思念　那天空的辽远　碧蓝上飘动的白云
夜晚　它有万马奔腾的江河　有万象涌动的山谷与峰峦
一抬头就望见了神仙　一低头就听见了歌吟
我是知了　秋蝉　蛙鸣中的乐手
我是轻风　明月　晓雾中的歌舞
我是一株小草　一朵小花　一枚弯月
一颗星星掉落凡尘
这些或许都不是　我就是我的思想万千
是尘埃的一粒疼痛　挤压中忍下的屈辱

此时　在鸭绿江大街53号
从一个窗口　望向天空　举目更深的蓝
我看见雨水还天空以洁净
白云回归白云　高远回归高远
我回归了我　那巨大的宁静与舒展

南 鸥

一只野兽在我的体内昼夜走动

走吧，永远不要停下来
四蹄交替，搬动清晨又搬动着黄昏
其实，你最好在我的体内
定居下来，生儿育女。以国王名义
颁布法典。我带着家人
俯首听命

很多年了，我的身体
就像你的占领区。我空旷的胃如广场
心脏是你的行宫。但我们彼此
假装不认识，以假寐对峙
你的走动总是释放出诡异的音乐
我的胸腔是一具红木的音箱
你的姿势，你的神态
我从音响中淘洗出来

如果你饿了，我会一动不动
小心翼翼任你昼夜撕咬，昼夜吞噬
如果你累了，请就在我的体内
休息，养精蓄锐。如果你醉了
你可以发疯，可以命令一块石头站起来
向你敬礼，命令一只羔羊改嫁
但你不能让一位诗人
俯下头颅

如果你知道我是一位诗人
如果你想附弄风雅，想谈谈诗歌和爱情

我会备好咖啡米酒以及旧磁带
你会享受一位诗人的尊贵

只能让格林尼治时间痛起来

瑟瑟说：见面时让我在酒中定居
北京的胡同都变成酒庄。我说从现在开始
让每一块石头，每只蚂蚁都练习酒令
翘首期待；让那天的风那天的雨
现在开始醉起来，让北京的月亮
从一坛酒中升起

其实，我们每天都醉得天空破旧
但绝不是酒精，而是大剂量的吗啡或冰毒
我知道，酒醉无法迷蒙视线，无法让
诡异的股指不滑落，让诗人从死中觉醒
骨髓注入了吗啡与病毒，只能让
腐烂的更加腐烂，荒谬的继续荒谬
只能让格林尼治时间
痛起来

桃花说出谁的宿命

我从来没有如此啜饮
从未将粉色的毒素拥入寂寞的舌根
一千张红嘴唇，掀动枝头
昼夜向我释放历代寒冷的消息
我想起那些领唱的歌手
他们才华横溢，纷纷挤进
那虚无的舞台

我不知道你为谁领唱
如一位女子站在断崖，古典的言辞

说出红颜薄命的古训。人们
搂着你的细腰，或把你插在那
宝蓝色的花瓶。紫色的嘴唇
从此黯然失语

其实，你命定的言辞打开
黑色的秘语，你的宿命就是春天的暗殇
娇嫩的容颜挥霍昂贵的一生
这不是火焰的句式，是一条古训
遗落的剧照。你盛开的声音
传来血液的尖叫

他们收割了一万年的阳光

该遗忘的，早已经遗忘
我的血液，我的家乡，我千年的姓氏
那些被反复肢解的时光，就像
体内割掉的器官

今天，我没有权力遗忘
今天只属于亡灵，他们是时间的审判者
那些细节，染红喜马拉雅山的雪峰
他们提升了今天的海拔

他们从废墟里探出头来
黑洞洞的眼眶，命令钢铁重新回到钢炉
命令一条古老的河流，从此
倒挂在天上

他们让时间哑口无言
让每一天，都变成了时间的赝品
他们躺在地下，他们收割了
亿万年的阳光

潘红莉

交谈

我听见一些交谈　邂逅相遇的交谈
其实他们紧邻且贴近　在这个夏天
要实施心旷神怡的会晤　毕竟依恋会截止
有各奔东西的苍凉推出秋天的仪式

我为什么要羡慕那些树　我叫不出名字的树
我见过的白桦树柞树两叶针的松树
在平山和长白山它们旁若无人地存在
它们使山有了语言画面和立体的节奏
伸展的枝干茂密的叶片那么无畏
我听见了它们的交谈和我的交谈　那一天的交谈
它们只代表山的语言　灵魂的片语
那个有阳光的山坡　有声有色

再过一百年我已经听不见交谈
全部的　我见过和叫不出名字的树
它们仍然绅士彬彬有礼地活着
在这样的夏天它们不起伏也不躁动
它们放弃遗失收揽平静
像兄弟和漫山的诗句收留或湮没
曾经走过这里的人

没有你们的夏天

我不能放弃夏天的纠结

夏天越来越远
那些树茂盛的树碧绿氧分充足
却没有你们的呼吸
你们跟踪流星滑向虚无
透过雨滴的玻璃
你们的容颜仍然清晰

夏天来了江边的水鸟成群地飞
白色的翅膀和江水连成一线的苍茫
坐在江边我又想起你们
想起你们留下的笑声眼神飘走的手势
人群鱼贯的涌动　你们高远的地方
我七月的幸福挂着寒霜
每一片花瓣都有留下的伤

好时光被我一个人这样的挥霍
我那么歉意和心疼不能原谅自己
我那么恳求你们回来　我把那块耕地种在心上
没有你们的地　一个人的地那么荒凉

江水依旧向东决绝地向东
没有你们的夏天连鸟鸣都是那么哀伤

波尔多

我相信夏天的树像波尔多紫色的梦幻
时间流经的波尔多每一滴都交换不同
它远离故土血统仍然纯正　整个夏天都倾尽
波尔多紫色的液体　有玫瑰在此聚集
我已经借你的手拿开荒凉
在你必经的血液添加热度

波尔多请做微许的赐予

危险和暂时的阴谋
做一个下午分支的园林雨只是一部分
让潮湿的十指移开琴键　余音失色
波尔多沉浸的舞动拉动真实和夏日的流火

祁　人

在大似海听春暖花开

不要遮住眼睛
在大似海
不要屏住呼吸
在大似海
不要蒙着耳朵
在大似海

这四野茫茫的北国
这辽阔无边的冰天雪地
这漫天风雪的时刻
在美丽富饶的肇东
在一个叫作陈泰炎的诗人
命名的大似海
正上演一场冬日的盛宴

我有一双宽厚的纯棉手套
却遮不住眼前的雪景
我吞下一片又一片“络活喜”
也抑制不住攀升的血压
而面前攒动的人群挡住了视线
挡不住脚下冰窟窿中
一条渔网拖出的欢声

还没等到春暖花开的季节呢
在大似海
肇东人一网就捞起 20 万斤的鱼

像捞起了一个春天
而我也一次又一次感动地
滑倒在大似海
仰天大笑于人们的欢欣里

我相信，有长翅膀的鱼
在大似海
当渔网在人们的手中游曳
鱼翅在拍响着世界
仿佛春暖花开的声音

一排席位描绘未来

——写在情谜大似海诗歌朗诵会

在我走过的全国各地
关于座位，曾见过无数的场面
在公共汽车上
在北京的四合院里
在四世同堂的胡同

司空见惯的是，主席台
与面对面的大众席位
在我看来，坐上去的
只是一个个生命的符号

而这一天在肇东市
在情谜大似海的朗诵现场
第一排，曾经的领导席
却坐着一群来自全国各地的诗人

多少日子过去了，那一天
那一幕，却久久萦绕在脑海
我想，那是一个诗人的节日

诗人在肇东奉为节日的主角

但是，我突然明白
在诗人后排的市长书记们
他们才是这座城市的导演
他们淡定地坐在诗人后排
是在谱写一部肇东的新诗篇
由诗人们拉开的大幕
描绘着肇东的明天
是文明与进步，是和谐与幸福

丘树宏

太公：你的钓具何在?

——写在陕西宝鸡

正是女贞子花开的时候
我从遥远的岭南走来
来到逶迤的渭水之滨
寻找你睿智飘逸的风采
河边看不见你的身影
也未见文王来回徘徊
哦，太公
此地空余钓鱼台

我从常羊山脚拾级而上
带着一片虔诚情怀
尝遍百草的神农氏
正与你商议炎姜氏族合牌

我来到庄严的岐山
葳蕤的西府海棠待开未开
儒雅的西伯姬昌
正与你研讨易经礼乐之拜

你忙活着文韬武略
你运筹着经世华盖
好像还有些上钩的愿者
在今天的时代苦苦等待
哦，太公
你的钓具何在

飞翔的禅意

——写在大同悬空寺

像一簇红色的云朵，
在蔚蓝的天空飘荡。
像一群矫健的雄鹰，
在广袤的天空飞翔。

原来，是佛的生命，
向天空宣示慈悲的力量。
原来，是佛的灵魂，
向天空展示善良的标榜。

佛自有佛的智慧，
有时候隐逸也是张扬；
佛自有佛的选择，
有时候沉默更具思想。

就这样永远悬在空中，
白天，你就是灿烂的太阳；
就这样永远悬在空中，
夜晚，你就是美丽的月亮。

我的围屋

在鹅卵石铺成的小街坐下
浪迹的游子回到旧时孩提
瓦顶的炊烟袅娜起母亲的呼唤
街头巷尾开始了小伙伴的游戏

妹妹将灶下的炉火烧得旺旺

姐姐在密密纳着待嫁的鞋底
祖母唠叨着她自己才懂得的过去
弟弟将老牛关进了祠堂边的房子

当夜幕覆盖整个山村的时候
家里才看见父亲高大的身躯
他俯首拨亮那盏我夜读的煤油灯
全家的温暖和欢乐顿时冉冉升起……

家国梦

故乡游云　沧海浪迹迷蒙
炎黄厚土　期盼归来播种
行囊放下　雨露洗走沧桑
不再漂泊　阳光照亮眼瞳
盛夏晴空　大义恩重
开枝散叶　耕耘葱茏
田畴绿　百花红
寸草心　奉和风
啊，血脉相连
托起家国梦

五洲大地　东西南北纵横
雁去雁来　金秋收获恢宏
高山流水　走过峥嵘岁月
大爱奔涌　长歌唱满心胸

热血薪火　壮我神龙
赤子情怀　天下为公
向青春　志如虹
旭日升　英雄颂
啊，生命永恒
成就家国梦

荣　荣

时间之伤（组诗）

一只旧鞋

一只旧鞋　保持着一只脚的形状
一扇窗栅　残留一道浮光的滑梯
一床被子　有两个分散的人形
一件睡袍　正穿上晚凉的风

包括那只已被驱逐的鸟
仿佛仍在笼中　叫声编织着栅条

——它们都被先前的形式所困
而她也置身其中　狭长而幽深
黄昏纵横处一缕被束缚的雨水

心舍利

多少年了　她用黑夜追着他的星光
当他猜忌　挑剔　使小性子
她也正在猜忌　挑剔　使小性子

“神啊，愿他是完美的。
不猜忌。不挑剔。不使小性子。”

“神啊，如果这辈子他无法完美，
让我继续迷信他的不完美。
无限依恋他的猜忌，挑剔和小性子。”

是回忆的声音

是回忆的声音　像秒针
划过寂静的水面

是雨点　松弛的夜色和
花园里浮滑的灯光

似乎有薄雾在暗中穿行
一只摸索的清凉之手

我再一次醒来
我的醒像多年的芥蒂
布满他独自沉睡的缝隙

诉求

有人形容她年轻时的际遇是
没有及时收起的庄稼又遇上坏天气
现在是一句走调的唱词

如此　请允许她在内心藏一头烈马
当它奔跑　嘶鸣　蹄声激烈

她放任之手仍来得及丢开早年的
孤寂　那洁净之源

安良

他为他的暴力准备了一个夜晚和一百条舌头
她却只有一个闸门　这个被说服的人
有太多的不安需要走过一场风雨的飘摇
走过激情的纵横和共有身体里的几副灵魂

此刻　院墙外花朵的凋零更像是一种飞翔
那只任性的鸟却突然停下来
看他的爱如何抵达她的腰部
也许还要向下并再次相互确认：
她是他的良家女子变质
他是她的良辰美景虚设

他是存在的

右边　还是右边
她又一次挨近它暗中的瓷光

这是干净的干净的身体
如果她亲吻　她就能接住它高处的焰火
如果她想飞　那颗心
就会从昂扬的鼓点里跳起来呼应

这是身体与灵魂的相见
狭窄的爱是镜子而她是自我的宽宥者
那一刻　他是存在的
而她仍然是美的

爱相随

对于两只凄惶的小鸟
天空的住所太过阔绰了
一个枝头就能屏息敛翅
一片叶子　足够遮挡眼前的黑夜
但为何还要哭泣？
一只尽量收住内心的光
而另一只又往外挪了一点：
“如果没有更多的空间
至少　我要先你掉下来”
一场共同完成的爱情　就是沉浸

就是相互的绿和花开
无法回避的凋谢　也必须分享
“你疼吗很疼吗？”
“对不起　我只是停不下颤抖。”
等一等　但一颗流星还是滑落了
匆忙中照见了它们暗中的脸：
一只百感交集　一只悲从中来

仪式

要有一个俩人的宗教
他是她的晨香　她是他的暮鼓
要有秋风　茅屋和一次真正的绝望
印证人心的脆弱
要有一场场简短的性事
她虔敬向上　他五体投地
还有见证者心平气静的沉默或反对
这样　他们才互为花朵在大地上行进
并共同完成被磨损着的爱那凋谢仪式

痴迷

我没看开的光景一遍遍勒索着内心，
它耗尽了我力气和耐心，让消亡提前上路。
我有的是流离失所的爱，
有的是骨肉撕痛和分隔。
为何还不释然？
你走了很久，我仍没有流泪，
悲伤太高远了，眼泪要翻山越岭。

沙 克

深夜的绝情诗

深夜里丢掉四肢，躯干留给
她的单纯，避让飓风
深夜里丢掉头颅，躯干留给
她的柔软，遮挡巨浪
深夜里丢掉内脏
躯干留给她，让她戏耍，让她踢

躯干是最终的无用的芳香
留给她做外壳
它比去掉的一切都珍贵

不用思想
飓风刮来担心干什么
不用动手
巨浪打来行走干什么
她藏着绝美和担当
宽容一切丑类

外壳和她
是整个深夜和一星花蕊的关系
留给对方去关切

外壳，幻想之母
外壳，自爱之本
开始了！外壳招来情感的飓风
改变一切，那被丢掉的属性也改变

回填给深夜的躯干
这时，我才是灵魂的巨浪
打去她表面的妖冶

这时，我启动灵魂的雷电
深夜里三次向她示爱
雷电是我的祖国，我时刻将被击毁
我与绝美和担当相爱
享受个体的苦难
瓦解一眶死水里的深夜

平安曲

月光里的瞳仁多美
像我骨髓里的亲密叛徒
从虚静中捞起命运

相信世上还有真爱
你会长得更匀称
像我大脑里伸出的天平

平常走动的流水
在阴凉的耳孔里打旋
水纹中的你叫幽兰

把户籍迁到夜的坟茔
倾听骨殖与骨殖的敲击
比女巫更贴近平安

坟茔，月亮的泥屋，传达室
看门人是被复制的我
幽兰，踩我的肩膀上屋顶

看到生活的阴阳两面
不用惊慌，幽兰
有我在分秒中垫底

打开时光隧道和一部台阶
随你选用，任你信仰
平安的我已在天上久等

福音辞

雨夜，心无寸丝连累
一宿的冷窗流悲
眨眼收到终极的灵光
想想还有什么不舍得一笑

何在乎途中的凄苦
蠓虫飞进鼻孔
被一个哈欠消去孤独
听听还有什么不舍得一唱

好比漫长的夜行车
划过夜色与黎明夹层的迷茫
被一声汽笛唤醒目的
看看还有什么不舍得一生

明天就会晓得
信和爱是生的引子
曼妙无状的福音不乞求理解
原在之处，秉持血的广义

商　震

洁癖

尘土，无处不在
公路　会议室　商场　床上
咽喉　血液　视线　心灵
混合着氧气　让人
主动吸纳或被动接受

我洗净抹布　走进书房
擦净每本书擦净我案头每页稿纸
我一边擦一边自语：我不能
消灭任何一粒尘土
但，我也要拿起干净的抹布
表明我的态度

天堂

如果我们能
绕过白天走进月亮
绕过波浪走进海
绕过鲜花走进蜜
绕过身体走进爱
我们就能绕过尘世
走进天堂

一棵直立的枯草

已经没有血液和脂肪了
用筋骨，坚挺地站着
枯黄的皮肤下还储藏着绿的味道

它也曾是一个季节的主角
也曾有过娇嫩的羞涩
但是，风吹雨打一直是站着
蝴蝶们追着春天走了，站着
蝗虫也追着夏天去了，站着
霜欺雪压，站着

它是草
它的尊严是：
失去春天，也顶天立地地
站着

一把宝剑

我书房的墙上
挂着一把宝剑
那是从少林寺买来的
一把很好的剑
掂在手里很瓷实
拔剑出鞘　寒光耀眼

我为这把剑　豪气了
很长一段时间
拿破仑　项羽　岳飞
都在我眼前闪现过

我一直没为这把剑开刃
我怕开刃后　找不到属于它的血
或者　我怕那刃上会真的有血

宝剑尝不到血是悲哀的
血溅到我身上　我会更加悲哀

一把好剑
只能当工艺品挂在墙上

起初　我偶尔会把剑从墙上摘下
拿在手中舞几下
遐思一番
后来　觉得自己可笑
再后来　竟忘了它挂在我的墙上

最后一次想起它
是老婆把剑柄上的红缨摘下来
绑在花花绿绿的扇子上
去跳老年舞

工笔画

不管是牛年还是驴年
我要画马

画一匹马，有几千年传统的马
张着嘴，也不出声
不对鞭痕怨
不对青草喜

四蹄腾空，仅在纸上
不主动位移

飞奔和撒欢都交给梦
方向由鞭子设定
所有的远方
就是脚下踏实的蹄窝

睁着眼睛，不眨一下
不介意被抽打、骑坐、驱使
不看路，甚至看不到凸凹不平
一脸忠实服从的憨态

鬃毛是假的，头脑是假的
有风无风都不会动
尾巴是假的
站在无味空荡的白纸上
没必要找平衡

绘画最难是画人物，包括画自己
我只会画这样一匹马

苦冬

无雪的冬天是我的敌人

雪不来，故乡不和我说话
雪不来，我在异乡的苦楚无处掩藏
雪不来，所有的风都能把我吹动

我是脱离了根的枯叶
易怒易燃
雪不来，就不安静

商泽军

回故乡

回故乡就是看看老屋
就是看看
经常站在村口上的老娘

回故乡就是让发亮的皮鞋沾些泥土
就是让带咸腥味的汗水
滴在脸上

回故乡就是看看娘的白发
又添了多少
就是看看娘的脚步和饭量

回故乡就是扫一下落在房顶的雪
雪融化了
有几只鸟儿在远处歌唱

怀念棉花

棉花，是我的小妹从田里采摘的棉花
也是我小妹顶着烈日
用汗水种植的一种庄稼

我的身上裹着它，我的被子里填着它
也是诗人把它比喻成云朵一样
美丽的棉花

这些年我久居都市
身上发生了变化
不知不觉地穿了些羊绒、羊毛、热卡

我越来越感到身上有些发痒，真的
我十分怀念家乡的棉花
不知为啥……

春天

檐滴的声音
就是春天的声音
从嘀到嗒，从嘀到嗒

一直到冬天聒噪的不耐烦
拍着屁股走掉
拴牛的木桩冒出嫩芽

小鸡毛茸茸的感觉，就是
春天的感觉，春天
不知不觉从蛋壳里跳出

毛茸茸的颜色就是春天的颜色
从红到蓝、到白
以至世界变成了色彩

火车

咣当咣当的火车
驶出了站台
我就是坐在火车上的那个人

我要去看另一个人
是我的父亲
他住在鲁西马颊河岸上的一个小村

我的父亲也是火车，拉着我们兄弟姐妹
有一年他跑累了
便走进老家的祖坟

每年我都坐着火车
去看望他，去看母亲
每年我也像火车一样，咣当、咣当……

乡亲

乡亲都是我小时候的伙伴
如今
他们也花白了头发，长出了皱纹

如今，他们仍在马颊河岸边种着庄稼
他们的孩子
都到城里打工去了

我回家乡时他们都来看我，他们说
现在你都这么富有了
还没忘记乡亲

是啊，他们的孩子
在我工作的这个城市打工
我也没想去看看这些街坊，这些乡亲……

沈浩波

柳树的童花头

巨大的剪刀，眼睛大大的玩具鳄鱼
被园林工人握在手中，给柳树理发
咔嚓咔嚓，道路两旁
柳树枝叶的下摆，被修剪得整整齐齐

现在，我像普天下幸福的父亲
看着两排，留着一模一样童花头的少女
每一个都是我的女儿，每一个女儿
都在风中生长，阳光洒落金色的蜜糖

她们在飞舞，盘旋着从地面上升
头发像风铃一样，在天空中叮叮当当
女儿终将长成女神，彩色的云
亲吻她们的脸，满天都是美丽的蝴蝶结

纸船

我很悲伤
在这夜的温暖的流血的床上
握着你的乳房，我很悲伤

我很悲伤
亲吻你的嘴唇，我很悲伤
爱如刻痕令我悲伤
你如我心头之肉令我悲伤

液体般的幸福充溢宇宙
我将在此刻沉睡
睡眠像一艘纸船令我悲伤

我的悲伤来自遥远的星辰
那永不消失的
荒凉的气息
人生漫长爱将永存令我悲伤

蟋蟀的叫声被我遗忘
此刻我如此爱你，又如此悲伤
漆黑的纸船，漂浮在雪白的海上

在冬日的群山中

在冬日的群山中
我感到坦然
如同置身
失去辉煌穹顶的废庙

对面圆顶的山峰
褪去金黄的僧衣
这肥胖的和尚，百无聊赖
晾晒着灰白的肚皮

残余的碎雪
有细微的光辉
人类的城市在远方
像遗落在大地上的风筝

谁有权利审判
人类中饥饿的灵魂？

落日像孤独的宗教
张开空虚的怀抱

即使生命只是
上帝做出的鬼脸
也不能使我心
归于枯寂

温暖的骨灰

父亲越来越苍老
令我感到陌生
既不像年轻时那样暴戾
也没有老年人应有的温柔
仿佛失去了人类的气息
像一个木头做的
摆在家里的盒子
这感觉令我惊恐
我试着靠近他
伸出双手感受他的温度
我在他的体内
握到了一把温暖的骨灰
这下我放心了
父亲，他就是你
如此轻盈
被我珍爱地
抱在手心

施施然

饮酒记

他们叫她“骚货”。仿佛她
是杭州西湖边成荫的垂柳。
她淡淡地笑起来：“与你们
匍匐在地面的叫嚣相比，我拘谨如村妇。
高贵似女王。”
的确，整个世界都在被人类误读
这，又算得了什么。想到
当他们读到这行诗，必将更加狂躁地蹦跳
她禁不住又笑起来。她顺手将手中的
葡萄酒，换成威士忌。哦，这感觉
多么奇妙，仿佛身体里
有某种慢，被奇特地置换出来。
她沿着同伴的手指，望向落地窗外
金黄的圆月像时间写下的诗，在今夜
同时印上亿万仰慕者的双瞳。
她端起玻璃杯，将琥珀色的液体一饮而尽
她像圆月一样清醒。但世界东倒西歪
仿佛大地在摇晃。

立春记

我们在生命的长度上刻下记号
以心算来回忆。这一天
所有的英气初发都找到了源头
一个心怀故国的人，在柏林禅寺焚香

而归，行驶在理想与现实之间的公路上
车窗外，丁香湖面的冰层
正在不为人知的消解。淤泥中的魂灵
在落日的轻抚下长长地舒了一口气。不久后
返青的麦田将长高一寸。阴影中林立的楼宇
将现出真身。而路边的桃枝
在微微的颤动中，认出前世的模样

春夜

春夜是静的，因为你听不到杏花初发的声音
春夜是暖的，我的亲人面色潮红而我香汗淋漓

换上干净的薄衫吧
去护城河边走走吧。你看
河水像碎玻璃翻动着春光

在春夜，如果你辨不清花香和光亮袭来的方向
背后就会长出翅膀

春夜也有翅膀，它飞上你的阳台
钻进了你的梦中
春夜的梦，没有大门
死去的母亲像笑声，在里面进进出出

在苗寨写生遇见马厩里的马

这是匹刚成年的马。隆起的肌肉在
漂亮的棕色毛皮下若隐若现——在这里
群山锁住路，马厩锁住野性和美。

它的眼睛大而温善。眼睫长而密。

当你和它幽深的瞳孔对视，一缕忧郁
（被禁锢的力量）沉进你的心底。

它并不曾记得怎样离开母亲。
它也不感到孤独（马厩里还住着
一头沉默寡言的牛，和热情的牛蝇）

它不曾仰望过天空掠过的飞鸟，
流云从树梢后奔驰过山冈。
不曾留恋过远处的峰峦，
和峰峦后通向天边的路。
（野雏菊和苜蓿草在路旁跳出雌性的“踩堂”舞）

它不曾记得奔跑。
（风在耳边呼啸）
它不曾了解自由。
（缰绳是与生俱来人类恩赐的礼物）

——哦，谁能帮帮我给它以明示？
在神灵与宇宙面前，生命生而平等。
（如果动物不能，至少人类可以）

它信赖这焦红的土地，谙熟吆喝
犁耕，驮运，忠诚和顺从，在主人的鞭子和注视下
交配。在马蹄状的粪便中
大声喘息——
它把所有交付出去，
它还不曾梦见宰杀，
（或许，正是它老去的母亲的命运）

舒 洁

仓央嘉措（长诗节选）

四十七

我的神思
瞬间飞至最高的山顶
你不在那里

我面对雪线
人类愁肠一样的山脊
在那个高度，雨雪交替
就在瞬间

就在瞬间
人类的情爱生死没有声息
花开花谢，没有声息
仓央嘉措，四百年
一扇窗子虚掩着
一缕头发由黑变白
没有声息

我们活在恩赐的缘定中
我在河源，你在东山之顶
我们分别接近了大地和天空的心
我们要告诉最爱的人
世上人间最真的地方
最静

但是
我们不会说
世上人间最真的爱恋
最疼；离笑声最近的地方
最冷

四十八

我曾等你
那么久，在德令哈
在一个美丽少女的泪光中
我看到被洗净的远山
月亮，还有从格尔木方向
飘逸而来的光芒

我不知道她是谁
我等你，我有一个心愿
我那么渴望面对你
自由释放我的天性和特质

种子
我想，我就像一颗掉落土地的种子
在如此深刻的暗喻中
我等你，我长久注视格尔木方向
爱过我的人，那些人的女儿
她们留在平原，她们等我
留在平原，像一些树
或植物的影子

我所理解的悲伤是这样
一切熟悉的地方都无亲人
一切熟悉的地方
都不是故乡

四十九

那是很多美丽的日子
拥有等待，就拥有到来

那时　在你的圣歌里
你仿佛给我留下了隐语
你说：在忧郁
还没有占据这里之前
回忆你曾经的爱
随着它悲喜吧

随着它悲喜吧！
心疼过早跌落的叶子和果子
还有失去母乳的羔羊
折断前腿的马
被严寒饥饿击打的人
不知道被什么主宰的人类

仓央嘉措
究竟为什么，那时
我的耳边和梦中
总会出现神秘女子的歌声？

二百六十六

仓央嘉措
人类精神的天井投着月光
你的圣歌，我们可以感觉的建筑如此精美
在它的结构里，没有黄金
它是你心智闪耀的叠加
像塔一样，在每一层都有洞开的窗口

你如一个少年

你伏在那里，你的眼前出现羽动
那是雪飘时刻点缀空域的色彩
我想到晨雾中山峰的青石
或深刻的伤痛

伸手触摸
我闭着双眼，只能感觉空与风
时光说，这不是奇迹
这是一寸一寸的别离
黄昏的暗影，从你的窗前缓慢移过

我承认
伸出手臂，我就触到了忧伤
我仰望，我想象塔顶
或更高处，长久横亘人类头顶的神秘
无论静止，还是逶迤
都让我联想龙，它无形
它在一位长者的描述中
深深吸引一个孩子

长者说
龙飞过，大地上植物的叶子就会摇摆
而村外的河面
在银光之间，就会出现美丽的波纹

宋晓杰

拷问

三个小时的电闪雷鸣，是夜雨的
严刑拷打
也是信心的瓦解和摧毁
有人酒中买醉；有人续接残梦
再涂上蛮不讲理的黑
有人身在曹营
而我，收拾行囊，准备出发

——我是一个次要的人
中游的人，自我劝降的人
随身携带着火种，终是徒劳

关了所有的灯和人间消息
摸黑躺下，跟随
被反复蹂躏的大地
无望地下沉……大白于天下……

水墨

刚刚画过两张荷，就过了午夜
繁重的白日撂下挑子
在虚无里，歇一歇

整个城市漂浮在灯火之河
此刻，我想起谁，谁就醒着

思念谁，谁就复活

赌气的、负债的，仍在撕心裂肺
病榻在呻吟："好歹，熬过这一夜……"
更多的人，想着元宵、情人和巧克力
以团圆之名、情感之名
给生活添油加醋
像墨色中淡粉的荷

……真的该睡了！
你不在眼前，这座城，就是空的
如慢慢漾开的水墨
不知何时，蜻蜓也飞走了

孤独一种

孤独是锈，一寸一寸吞噬
成为颗粒均匀的亚洲铜
或蜂窝，氧制造的气泡养不活鱼
大口呼吸。那好吧！
向更深处开掘，套用一下鼹鼠的生存法则

镰刀挥舞，疯长的荒草萋萋
荒草里，藏着饥饿的兽
七八只爪，五六个头
随风潜伏、哀号
找不到一个对手或强盗

骨灰戒指

这时候，肉身无用，就随云雨蒸发去吧
连同人间的浮尘、虚火与种种烦忧

我跟随你秘密潜行于山水之间
无非是你增生的骨节
长途跋涉中，额外多出的隐痛……

昨夜的梦中，无悲无喜地，我死了一回
轻如骨灰——即使浓缩，也无足轻重

人群四散，你下意识地低着头
小心转动着指间的戒指
亮出我的底牌……
——亲爱的，原谅我先睡了
漫漫长夜，你尽可以一寸一寸地疼

单行道

不与不义的人、矛盾的人为伍
不在阴雨天流泪、伤怀
不吃隔夜的剩饭剩菜
不记夺妻之恨、灭夫之仇
不说废话和闲话，更不说毫无原则的话
不改要不了命的毛病和习惯
不抒情，不怀旧
就是这样的残片断简了
——如单行道
走到哪儿，哪儿是荒冢

谭五昌

两个蝴蝶

两个蝴蝶
在春天的原野翩翩起舞
头顶的天空亮出了它们蓝色的心情
脚底的花朵绽放着它们灿烂的笑容
两个蝴蝶
一个飞越了五座高山
一个飞越了九条大河
它们在缘分的天空快乐地相逢
两个蝴蝶
双双甜蜜地飞往爱情的伊甸园
左边的蝴蝶频频呼唤着右边的那一只
一个唤妹妹　一个叫哥哥
一个是你　一个是我

夜游北江

夜色中　一条宽阔的液体绸带
在朝我们这些天南海北的诗友
姿态柔美的舞动
把一座水清行远的城市
演绎得异常鲜明生动　酣畅淋漓

夜色拥抱下的清远仿佛一座水上庄园
我在城市中蒙尘的心灵
有幸获得了一次滚滚琼液的反复清洗

一个琼液般美妙流动的故乡
悄然占据了我的灵魂

正当我与北江缠绵共度精神的良宵
本土生态诗人戚华海热情邀我上岸品酒
从他珍藏了十余年的优质葡萄美酒中
我品出了北江岁月悠久、醇美醉人的诗意芬芳

飞霞山

是谁　日夜遥望着北江
在江水般绵绵无尽的深情眺望中
忘记了背后依靠的一座山峰
已飞起了映红灵魂的万丈霞光

汤养宗

奇怪

多么奇怪的事，我一边做人，一边还在伺候着
自己的文字。多么不可思议
做一个人还要写字。这是糗事
却窃喜暗中藏着一张脸。这也无常，鞋在脚上
脚还在想着另一双鞋。
当我写字，我就是那个多出脚板的人
想起自己就是这人，再读了读
那些被我写下的字，我就偷偷耻笑，铁如何长出了锈
铁反对锈，锈又必然长在铁上
禽与兽是分开的：一个用来飞。另一个必须四脚落地

醉乡往返录

手持一张返乡车票的人，坐在我边上
一再提醒我，到了月亮要叫醒他
我说这车到不了那里，他强调票上写的就是月亮
这个迷幻的断肠人，说要去打理一份祖上的家业
另有三万匹野马要带回

上水村

在上水村，我想做一只鸡，一只鸭，尔后
被时光之刃宰杀，血又流成

穿过村里的清溪，被一棵小草重新活过来
或者做一块老石头，砌于路边的矮墙
身上布满苔藓，脾气比任何
路过的脚步声更大，说你走吧
我一步不走，却摆脱了你走不出的乱麻
或者是，那棵土地庙前的香樟树
与无数的日头和白云散步谈心
一高兴就落下些许叶子，像经语
也像药片，留给患有自闭症和偏头痛者享用
事实是，我也是过客，露趾丫或藏趾丫
并与人议论到村井深水里，为什么绽开着
与空气隔绝的花，如同秘密的
地下工作者，闭着眼睛也在闹革命
我们开始放下语速，声声慢
绕着石阶走，念小桥流水人家
还随随便便在水草边捡到水鸭蛋，还吃到
汉子们刚舂出的糍粑，这些食与物
开始反问我，你的胃口，这几年在哪里
仿佛每天在我脑子里作乱的互文性
文章从这一头穿过地洞，暗室，古城堡
赶出来的是另一群羊羔与水牛
我们说，该杀的生活，你原来全是形同虚设
不跟你玩了，但还是要被你玩
继续要绕下去的是语言还是小径
当然是一段泥泞的下坡路
一个背着小孩的村妇站在路边一再提醒
“路滑，小心，慢点。”
她开头用畲语，接下来改成霞浦话
想了想，又用半生不熟的普通话，重复了两遍

古人为什么要在屋顶上放那么多小兽

古人为什么要在屋顶上放那么多小兽？

龙凤、狮子、天马、海马、狻猊、狎鱼、獬豸、斗牛、行什
摆出一副天涯其修远也归囊中的模样
就是不与隐身的谁握手言和
仿佛世界就是他的一家老小
仿佛这般才有天下一宴，一个不能少
又仿佛，我那些才华横溢又抱命鸟散状的朋友，一下子到齐
为了那销魂的酒

我一贯的只见树木，不见森林

脾气越来越倔，一贯的，只见树木，不见森林
只见一阵子的夕阳，不见长长的白日
明知沙漏掉下的是一个人的毒药，却依然
当我的和尚，撞响我的钟
许多的汉字，我也只见一些偏旁
另一半，是纷纷逃窜的虫豸
自然也不见你，只见你的诗，诗中要命的一行字
打破砂锅的那天，终于现出所谓的锅底
我说别急，那被千万人问到底的底
是这一面还是那一面。我还有更残忍的删减法
让大江东去，只认游入大海的小鱼
它们总算落实了自己。但我从不说，那就是活命

唐　力

乌鸦（一）

一只乌鸦来到雪地上
就像一个词语，穿着墨水的外衣
停留在纯净的纸上。但词语是静止的
而乌鸦是活动的，它弹跃，就让人
感觉到那是音韵的铿锵
它伸了伸它的头——那是部首朝前
游离。它振振翅膀——那是偏旁有些
倾斜。一只乌鸦在雪地上
移动，它向那洁净的雪推销
身体上的黑。一只乌鸦贩卖着
身体上的黑暗。它在雪地上走动
用约带嘶哑的喉咙，叫卖着
自己的羽毛。一只推销自己身上的
黑暗的乌鸦，就像一只黑色的皮鞋
叫卖身上的鞋油。一只乌鸦在雪地上
走动。它的虚幻一如它的真实

一只乌鸦在雪地上。它在向雪
推销着身体上的黑暗
但雪地不为所动。它走动，就像
一个词语在白纸上，贩卖着身上的意义
贩卖另一个人灵魂的外衣
但白纸不为所动。一只乌鸦
在雪地上移动

乌鸦（二）

一只乌鸦天上飞
一只乌鸦
孤单的乌鸦
在向天上运送着黑暗

黑暗已经很多了
而乌鸦还在高处飞
黑暗，黑暗因为有了高度
而变得难以触摸

一只乌鸦在飞，实际上
就是很多个乌鸦在飞
一只乌鸦
带着它的孤单在飞
带着高处的黑暗在飞

黑暗因为有了高度，它开始
笼罩我们

一只乌鸦在飞

乌鸦（三）

在回家的路上
我看到一只乌鸦在我的前头飞
漆黑的羽毛，漆黑的叫声
我跟随着它，这秘密的引领者
一只乌鸦在前头飞
前面是苍茫的暮色
一只乌鸦一头扎了进去

像一支犀利的笔尖
一头栽进了墨水瓶里
然而乌鸦不会消失
就像墨水瓶永远不会
淹死一支钢笔

我跟随着一只乌鸦
回到一只墨水瓶中居住

而我的灵魂仍在飞翔
（我的灵魂，仍穿着黑色的外衣）

鸵　鸟

我在动物园里看到它：高大，灰暗
它的脚下是细沙，一小块微型的
沙漠。它几步就可以跨越
这非洲最后的王者，它的疆域不过
几十平方米。它的翎羽凌乱
潮湿。因为此时有雨下来
它看起来更加暗淡。突然，它
张开了翅膀，叉开了
双腿。身体弓起，我们都以为
它将有惊人的举动。一时
驻足观看。却看见它拉下一堆大便
我们纷纷掩鼻而去

一个孤独的王者。它大步行走
拒绝飞翔。在有限的地域
在肮脏、低沉和寂寥中，放慢自己的步履

唐　毅

樱桃花开

先是等一场雨，接着又等晴
春天的一棵树站在通往梦境的路上
消瘦的枝丫还未着色呢
缱绻的春眠，什么都不觉得

但一棵树还是开花了
毕毕剥剥——像是剪接过的视频
而此时夜雨突然叫醒我
说是明天晴了，樱桃花开就是那个样子的

题黄峨雕像

可以不再怨那一行征雁
折一枝新竹，也不用再泣血诉说了
苦别离已若明日黄花
此时空庭不空，月影也不斜

都说你才情堪比易安
一位写散曲比元人还好的明代女子
终于从旧时光里走出来
温暖的故乡，当有最新的灵感

宋瓷

江南的泥土、水和单色釉

工匠、窑火，日夜守候还不时祈祷
不见轻罗小扇与翩翩粉蝶
只取一片流云，或是一囊烟雨

在唐稍嫌粗糙，宋就不同了
精致、纯粹，能让人惊艳的梅子青
有别渔樵耕读与瓜瓞绵绵
但那恰恰莺啼，却又隐约可闻

紫衣观音

在这里，观音是不叫娘娘的
听说是大唐一位罹难的王子落魄出家
昭雪的诏书令其极尽恩荣
御赐紫衣袈裟，并传为观音化身

在这里，中轴线是颇分明的
九重华檐的紫禁城格局依着山势递进
紫衣观音还是唐朝的坐姿
而新来的燕子，好像也不曾迷路

一个下午

这一个下午乍寒还暖
搁下两行断句，接待来访的一位客人
我不是那么喜欢口头表达
也许自始至终，都停留在寒暄上

这一个下午我是听众
听人自言自语、自说自话或自我吹嘘
我看见许多马匹没入时间
而雪后的峰峦，却不时露出头来

芦苇岸

说到秋天，就不能不说到金色
说到苍茫，或者云水间
一条江、一个湖，甚至是一片大海
都可能丛生记忆如摇曳的苇

所有芦苇岸都可能似曾相识
夕阳下的圆拱桥，瀑流中的涉水石
惊起的野鸭子振翅而去
也可能熟悉如乡音滑落于水里

这一刻如此静默

时间如此淡定，如此静默
如此清洁透明，凝固的苍茫、辽远与空旷
天地原来是可以不老的
而我也觉得自己这一刻未老

岁月如此坦然，如此静默
如此不着痕迹，有多少这样的时光被忽略
我看见一条无声的河流
无尽的山峦像极一叶叶小舟

田 湘

逆时针

我是顺产
顺着母亲的喘息来到世界

我顺着时针
每天按点醒来

我也顺着四季
长大
顺着人类
做该做的事
顺着时针的意图
老去

可是，我有我的田径场
在每天的顺行中逆行

我颠倒四季
瓦解顺序
从大海回到溪流
由苍老回到母体

这是一种叛逆
在熟透的思想里
哪怕只占百分之一

遇见

我遇见阳光在白昼逃遁
雾霾的强吻让天空窒息

我遇见河流脱离了河床
鱼儿在空气里学习呼吸

我遇见黄叶追逐风的虚无
光秃的树在企图寻找

我遇见幸福在高速路上逆行
所有的堕落都勇往直前

我遇见爱情用狂草在脊背涂满苦涩的印记
那些字句都似是而非

这就是我每天的
遇见

谁在敲门

不是清风
也不是明月
是谁在敲我的门

不是浮云
也不是夜雨
难道是陌生人
敲错了门

外面是冬天

刮着风
下着雨
我明明听见有敲门声

茶杯瘫倒在桌边
水迹一点点蔓延
屋内的烛光兴奋地往外跳跃

这突如其来的震动
难道是一场梦

读特朗斯特罗姆

你的名字太长太长
特朗斯特罗姆
每个字读起来都很费劲
就像我坐过的绿皮慢车

我只能把有你名字的诗集
带到高速行进的动车上

我从一个浮躁的城市
去到另一个浮躁的城市

只有动车上是安静的
我坐在自己的座位上
没有人打扰我
这样我就能静静地读你
读你

安静的动车上
好像所有人
都在听我读你的诗

你的名字
好像也不那么长了

四月

芒果树的叶子在春天交替
爱情选择此刻逃离
青涩的果看见誓言洒落满地

四月的南方
满怀情欲与暴力
花朵激动而胆怯
而落叶
这位不合时宜的使者
哼着怀旧的小调
撩拨春的忧伤

昨晚的云已转世为雨
落叶是否也该成为飞鸟
投入四月的怀抱

泥土里散发出腐烂的气息
无法把四月忘怀

王单单

在江边喝酒

古人说的话，我不信
江水清不清，月亮都是白的
这样的夜晚，浪涛拍击被缚的旧船
江风吹着渔火，晃荡如心事
这一次，兄弟我有言在先
只许喝酒，不准流泪
谁先喊出命中的疼，罚酒一杯
兄弟你应该知道，回不去了
所有的老去都在一夜之间
兄弟你只管喝，不言钱少
酒家打烊前，整条船
都是我们的，包括
这船上的寂静，以及我们
一次又一次深陷的沉默
兄弟你知道，天亮后
带着伤痕，我们就要各奔东西
兄弟你看看，这盘中
完整的鱼骨，至死
都摆出一副自由的架势

叛逆的水

很多时候，我把自己变成
一滴叛逆的水。与其他水格格不入
比如，它们在峡谷中随波逐流

我却在草尖上假寐；它们集体
跳下悬崖，成为瀑布，我却
一门心思，想做一颗水晶般的纽扣
解开就能看见春天的胸脯；它们喜欢
后浪推前浪，我偏偏就要润物细无声
他们伙在一起，大江东去
摧枯拉朽，淹没村庄与良田
而我独自，苦练滴水穿石
拣最硬的欺负。我就是要叛逆
不给其他水同流的机会。即使
夹杂在它们中间，有一瞬的浑浊
我也会侧身出来，努力澄清自己

堆父亲

流水的骨骼，雨的肉身
整个冬天，我都在
照着父亲生前的样子
堆一个雪人
堆他的心，堆他的肝
堆他融化之前苦不堪言的一生
如果，我能堆出他的
卑贱、胆怯，以及命中的劫数
我的父亲，他就能复活
并会伸出残损的手
归还我淌过的泪水
但是，我已经没有力气
再痛一回。我怕看见
大风吹散他时
天空中飘着红色的雪

丁卡琪

丁卡琪真的吻过我。唇印
在左脸上，像一颗生锈的螺丝钉
把我拧紧在城市的东郊

丁卡琪不一定叫丁卡琪
也许，她叫菊菊、翠翠或者花花
她以为，有了好的翅膀
就能在夜间飞行
东南西北地飞，低空展翅
羽毛，被灯红酒绿烧毁

丁卡琪去湖北探母，回来向我讲述
坐飞机的感受，她说
从天空看城市的夜景
光明，支离破碎

很多次，穿过东站，穿过上凹村
穿过污水横流的巷子，穿过丁卡琪
我就戳上了黑暗的肋骨，坚硬而锋利

出租屋里，我喝丁卡琪的半瓶劣质红酒
她倚着我肩，娴熟地吐出一口
纯白色烟雾，丁卡琪说像一袭婚纱
可惜，无法抓住———

丁卡琪坐在我对面
不言不语，像民航机场待航的客机

王明韵

和张况兄在佛山谈雪

和张况兄在佛山谈雪
一边喝酒一边谈
佛山无雪，佛山有
晴天、阴天、雨天、雾霾天
天空中有貌似雪的白云
大地上有酷似雪的霜
就是没有雪，这让张况兄
和佛山的诗人们
总感到生活中少了些什么
比如在雪地上，寻找
乌鸦的翅膀和脚印，比如
打雪仗，奔跑和摔跤
假设有一次，张况兄听说
哈尔滨下大雪了，他想飞过去
和一场雪亲密接触
但白云机场的飞机不起飞
等他到了哈尔滨
一场落地雪，已成了冰砖和冰块
再假设，有一次
张况兄去阿尔卑斯山看雪
但他忘记了时差
从夏天到夏天，只有沙滩上的少女
让他恢复了视觉和幻觉
我们一边喝酒，一边谈论雪
惬意、自然，挥之不去，又若有若无
酒过三巡，一个女孩打来电话

说合肥下雪了，比树叶小
比鹅毛大，而且眩晕、飘忽、捉摸不定
闻此，我和张况连干三杯
他祝贺我，自己却借酒浇愁
兄弟，帅哥，有遗憾的生活
总会赐予我们痛苦和畅想
你看酒杯里、泪水里、窗户外
雪在飘；掌心里、指缝间，雪在飘
我们写诗，白纸上的黑字
是一场雪；我们仰望
佛山上的佛光，是一场雪……

和陈陟云兄在佛山谈雪

周末，我们品着红酒，在谈雪
雪从红酒中经过，就像在窗前
看见了心仪的女人，不知为什么
雪这个字，有时会突然灼疼我
陟云兄，刚从呼伦贝尔归来
大雪很大。羊群：白的、黑的、花纹的
咩咩叫着，像走散的亲人和灵魂
此刻，他仍在诉说这一场
已看不见的雪，他是怀旧的人
而我，乐此不疲的是合肥
正在下着的一场雪，它落到
我的阳台、我的花草间了吗
还有书房窗户上，我亲手做的鸟巢
是否被积雪覆盖，我甚至听见
麻雀们叽叽喳喳的声音，远在他乡
我担心着一场雪，能否平安着陆
一点红酒，在陟云兄唇齿间荡漾
他想说什么，欲言又止
仿佛佛山无雪，是他的过错

远在德国，也许是巴黎的葡萄园
葡萄，紫的、红的、绿的
发酵之后，正追随一场雪，在迁徙
想象中，我们举杯邀月，红酒
仿佛暗恋经年的红月亮。一手法律
一手诗歌，这是另外的两场雪：一场
落在远方以远，一场落在屋檐之下
作为法官，他试图扫除白雪之上
黑暗的部分；让小雪人，不长大
有自己的房子；但雪，总像爱、妄想
在左顾、右盼、瞻前、顾后中不知去向
如这酒瓶空空荡荡
如这酒杯空空荡荡
如这人间空空荡荡

箫 风

怀念一场雪

很多年了，那场雪一直在我心灵深处飘飞着……

——题 记

一

秋去冬来，原本就没有鲜明的分界。
谁能说清，最后一只大雁是何时南飞的？最后一朵野菊是何时枯萎的？
冬天，就这样说来就来了。
就像你，悄悄来到我身边——
在那个初冬的傍晚，陪我走在风雪中。
我们手牵着手，用爱取暖。
世界静止了，只有心儿在飞翔。
从此，你和那个冬天便走进我的心，成为永远抹不掉的记忆。

二

你知道，江南的雪，一向姗姗来迟。
只有满湖滩满河岸洁白的芦花，千朵万朵，纷纷扬扬，雪一般随风飘舞。
与北国漫天的飞雪遥相呼应。
可是，毕竟是冬天了。
降温的消息时常接踵而至，令人猝不及防。
而你的叮嘱总比寒流来得更早一些：天冷了，别忘了添件衣裳。
多年如此，使我深深地感动。
我终于明白：爱，其实很简单。
有时就是一句叮嘱，就是天冷了有人为你披件衣裳。

三

雪，是我心中最美的风景。

一朵雪花在梦里盛开。

就像你，常在我的梦中翩翩起舞。

在我这个北方人眼里，没有雪的冬天，多么乏味呀。就像春天没有花朵，就像天空没有云彩。

你说过，有雪的世界是温暖的。

与雪相拥，就是与爱相拥，会使那颗蒙尘的心瞬间纯净起来。

一朵雪花翩然而至，摇醒我的梦……

四

在江南，邂逅一场雪，是件很奢侈的事。

而生养我的北方，早已是银装素裹。

打开影集，我又一次怀想生命中那场刻骨铭心的大雪。

那一天，我们相约于飘雪的午后。

你牵着我的手，我拥着你的肩，一起在风雪中漫步。

红纱巾在风中飘舞，像跳跃的火焰，点亮每一朵雪的花蕊。

你回转头，凝视着走过的路，喃喃地说：

“这两行脚印多亲密呀，你中有我，我中有你……”

一阵幸福的战栗自心底涌起，瞬间漫过周身，漫过那个飘雪的冬季……

五

想起你，就想起飘雪的北方。

你就是我梦中的雪花啊，就是雪中那朵含笑的梅。

在这寒冷的日子里，你的名字是一个可以取暖的词呀。想起你，心中就感到异样的温暖。

一朵雪花，就是一分思念。

我站在江南的肩头，眺望着那座北方的小城。

眺望着你——在漫天飞舞的雪花中，如何装扮着那座城市的妩媚……

六

命中注定，我们在雪中邂逅。
无法拒绝，也无法选择。
已是冬至时节，能下一场纷纷扬扬的雪该多好。
在这“数九”的寒夜里，我怀想一个关于雪的童话，还有童话里踏雪而来的你……
想你的时候，盼望着与一场雪不期而遇。
从一场雪到另一场雪。
从一颗心到另一颗心。
谁也不能阻止一场雪的到来，就像不能阻止对你的思念……

七

“一九二九不出手，三九四九冰上走……”
这首九九歌，我们一起唱过许多遍，每唱一遍心里就会增添一份温暖。
如今，我客居江南，河面上无冰可走，我已无法扶起你一串串滑倒的笑声。
没有冰封没有雪飘的冬天，总觉得有一种淡淡的失落。
就像没有你的日子，思念常常彻夜难眠。
在我的梦中，漫天飞舞的雪花都是你温暖的名字。
我知道，我再也走不出那场雪了，正如走不出你思念的梦！

八

已有好多年没有再温习如何在一场雪中相爱。
这样的浪漫，似乎与我们渐行渐远。
怅然若失的心，如一片雪花在掌心消融。
无雪的日子，渴望着一场大雪的降临。
——真的需要一场雪，一场漫天飞舞的大雪，来唤醒燃烧的激情。
下雪的时候，我们再牵着手到雪地走走。
像孩子一样，打打雪仗，堆堆雪人，溜溜雪橇。
让心灵盛满雪的纯净。
让爱情在一朵雪花里永久驻留！

九

“大寒小寒又一年。”

过了大寒，便是又一番节气轮回的开始。

轮回，是自然界的规律。

日出日落。月盈月缺。花开花谢。春去春来……

而人的生命，却是一趟单程车。

你说：“我宁愿相信人生也有轮回，因为来生——我还想做你的新娘！”

因为这句话，我心里暖融融的。

或许这就是爱：朴素。纯洁。自然。

——就像一朵晶莹的雪花。就像大寒门外

温暖的春天！

潇 潇

债主

——致海子

兄弟，这首饥饿的诗——我的债主
攥着我，一年又一年
每一个动词、标点、断句的残骸
都长进了血肉，舔醒骨头
从身体剥离出来
更像我们
在这个星球上的身份
永远的少数民族——诗人
用孤独、笨重的石磨
碾碎焦黑的苦难，掏出仅有的金子
在世间边缘的黑中
闪闪发光

抱紧江南

江南的秋，好多小昆虫叫哥哥，爱熟透了……
伸着懒腰的花瓣被雨点、蝈蝈叫开，
迎面流淌的颜色，命令孤独与死亡的风景，卷起一湖山水。

那些吹进骨缝的痒酥酥的粉，细碎的欲望，
迎着晨曦的光亮，还有些湿润。
那个烟花女子用突破局限的果实，用死，喂养传统的后人。
她的汹涌？她与黑暗的拥抱？只有熟透的爱能隐忍……

熟透的爱……
如沉香进入她命运的弱点
她生前死了两次，死后被掘墓，又死了一次。
她的前世今生都嫁给了悲剧。

虞山锦峰下的旧坟，比想象更缭乱，荒凉。
打结的茅草低着头，像寻找葬进泥土的秘密
夜里，犀利的风再一次冒犯入土的灵魂
这枯草败叶中开出的野花，无遮无拦……

而那些肌肤、香料、灯草、骨头与旧瓷，穿过生死的密纹
倚靠一张江南乌镇的雕花木桌来摆放记忆。
抖落疲惫、愤怒、焦虑、无奈、暴力、哀悼……
一切逼近负面的词……

用黄酒洗心革面，用梅子解开姜丝，
抱紧江南的秋色，抱紧刚刚落下枝头的告别，
抱紧身体里最危险的一滴晕眩
抱紧落日，那粉身碎骨的一声喊
抱紧重逢死亡的一首诗……

正如错开死亡的富春山居图，
逃出一团团殉葬的火焰，
用古典、歉意的美让后现代弯腰，
纸上残留的风景，如罪孽般温柔。

比忧伤更忧伤

——致班得瑞

莱茵河流过傍晚的我
皮肤上震颤的跳跃越来越快
那个卡在精神裂缝中的我
急刹车，崩落

拒绝耳朵的音乐
是一种帝王的折磨
比忧伤更忧伤
我撤掉了返回的梯子

我把头歪在冬天的暖气上
过去的岁月有一股斜光
威压在心底
而忧伤——这个管不住的孩子
攥紧灵魂的拇指不肯松手

我给你的诗歌——
被涂改，在磨难的纸上
谎言的橡皮蹲在那里
512÷8 语言的尘埃
用商的重量坠落
冲着镀金的伤痕微笑

晓　雪

宜宾之歌

滔滔岷江水，
滚滚金沙江，
在你腹中汇合，
合成万里长江，
浩浩荡荡，奔向太阳。
你吞吐三江，豪情万丈，
肚量有多么宏大，
胸怀有多么宽广！
南方丝路从你脚下出发，
远洋巨轮从你这里起航。

蜀南竹海，
给大地铺一片翡翠，
四季常新，无边无涯；
兴文石海，
展现地上地下的全部神奇，
千姿百态，举世无双；
神酒五粮液，
凝天地灵气，化五谷精华，
醉人四千年，香飘五大洋，
还将万代飘香，万代飘香！

核燃料组建生产企业，
全中国唯一；
一千六百米酿酒车间，
全世界最大；

“惊雷科技”、“天原”、“丝丽雅”，
一个个现代化大企业，
开拓创新，成果辉煌。
为了实现中国梦，
你又在绘最新最美的图画，
你又在绘最新最美的图画。

李庄古镇

来到席子巷，
只见两旁的青瓦屋檐，
几乎覆盖了狭长而整洁的街道，
天空只露出一条蓝线，
人们走在清代铺的石板路上，
那么悠闲，自在而舒缓。

走进张家祠，
张之洞“宏我汉宫”的匾额，
苍劲雄健，气势非凡；
那五十扇门窗上雕刻的
一双双白鹤，
正在五彩祥云中展翅飞翔。

旋螺殿、魁星阁、禹王宫，
无不以精妙绝伦的想象、
巧夺天工的建筑令人赞叹；
那九龙石碑上口含宝珠，
穿梭遨游于云海中的九条神龙，
永远昭示着中华大地国泰民安。

最难忘那民族危亡的艰苦岁月，
这里汇聚了多少学术精英文化大家，
梁思成在这里写成了《中国建筑史》，

同济大学在这里演出过《雷雨》、《日出》，
故宫博物院数千国宝在这里珍藏……
古老美丽的万里长江第一镇，
写下了抗战文化的灿烂篇章。

兴文石海

我只知道云南的石林，
是“天下第一奇观”，
到了兴文才惊喜地发现，
这晨的石峰石林石海，
更神奇美妙，一望无边。
不光地上石林仪态万千，
更有地下奇景妙不可言；
洞中有洞，海下有海，
石钟石笋石树石花石云，
石龙石凤石狮石虎石人石仙，
左看山峦起伏，
右看飞瀑流泉……
层层溶洞展现着
奇妙无比、变化无穷的神性境界。
我走进了真正的人间仙境，
得天独厚，得地独爱……

僰人悬棺

奔腾咆哮的大江两岸，
壁立千仞的悬岩耸入云端；
在绵延千米的危岩绝壁之上，
数百具悬棺令人惊叹！

为什么死后不入土为安，

而要把棺材高高悬挂？
激流翻滚的河道上，
笔直陡峭的绝壁，
猿猴也无法登攀；
桩孔谁去开凿？
粗大的木桩怎么往上扛？
棺材怎么悬空架到木桩上……

数千年前，僰人的智慧和绝技，
高科技时代的人们竟难以想象。

曲水流觞

当年黄庭坚被贬到这里，
看“竹波万里”而灵感为泉，
写出了精美的诗篇；
面对大江澎湃的激流，
“观长年荡桨，群丁拔棹”，
诗人的行草书法，
更风神洒脱，纵横奇绝。

如今我们走进流杯池公园，
在怪石嶙峋的峡谷中间，
在黄山谷手书真迹，
“南极老人无量寿佛”前流连，
静听“曲水流觞”，
仰望“蓝天一线”，
心中的诗也正在醒来……

谢克强

辽阔

夜　已经很深了
一支笔　仍然站在台灯下
凝神谛听

这支被月光反复抚摸的笔
这支被星星反复推敲的笔
这会儿面对一片“十六开”的土地
竟有点茫然失神

曾经　它心怀叵测
为寻找一个词替它说出
不惜动用了整部词典
想让每一个词更沉重一些

更多的时候
它更愿以自己独有的视角
从生活中暴露的某一个细节
感知生活的疼痛

此刻　一支笔在谛听
它想从一个诗人的心灵的伤口
洞悉世界的辽阔

放牧

一页稿纸　对于一个诗人
它意味着什么呢
如果说诗人是放牧文字的
稿纸　自然是一片牧场

是牧场　自然要有肥美的水草
还要有阳光与歌声
当然　还应该有自由来去的风
随意来往飘动的云

虽然有着游牧民族的血统
但我却不会像先辈那样扬鞭跃马
可有一群数不清的牛羊
圈养在我的脑子里

圈养久了　它们就想出去
于是　我挥动笔亦如挥动鞭子
吆喝鲜活的文字像吆喝一群牛羊
寻找一片绿草茵茵的草地

其实　文字的牧场更难寻呵
只因那里要放牧思想

焚稿

今夜　我什么也不关心了
不关心有韵的文字　也不会
在崎岖陡峭的诗行里匍行
今夜　我只关心火

来不及净手
我就匆匆擦亮一根火柴
然后　将写满诗行的稿纸
一页一页投进火里

一时间　火苗升腾
升腾的火里　我看见
一页一页稿纸上的字迹
黑得触目惊心

是的　我要用火
将一个诗人贪婪的梦
以及郁结心头的孤独与痛苦
统统焚烧

不想纸灰飞扬
在风的煽动下　无拘无束地飞
仿佛一只只张开翅膀的蝴蝶
在寻一片花的芬芳

许立志

悬疑小说

去年在网上买的花瓶
昨天晚上才收到
实事求是地说
这不能怪快递公司
怪只怪
我的住处太难找
因此当快递员大汗淋漓地
出现在我面前时
我不但没有责备他
还向他露出了
友好的微笑
出于礼貌
他也对我点头哈腰
为了表示歉意
他还在我的墓碑前
递上一束鲜花

谶言一种

村里的老人都说
我跟我爷爷年轻时很像
刚开始我不以为然
后来经他们一再提起
我就深信不疑了
我跟我爷爷

不仅外貌越看越像
就连脾性和爱好
也像同一个娘胎里出来的
比如我爷爷外号竹竿
我外号衣架
我爷爷经常忍气吞声
我经常唯唯诺诺
我爷爷喜欢猜谜
我喜欢预言
1943 年秋，鬼子进村
我爷爷被活活烧死
享年 23 岁
我今年 23 岁

电梯

我走了进去
一副站起来的棺材
随着棺材盖缓缓合上
我与这个世界
从此隔绝

故土

我是怎样站在这儿
我祖辈遗留的故土
旷野，稻田，乡村陈年的风
目光所及我只能接受土地的旨意
战栗的土地，脊背弯曲
承载几千年战争旗帜的飘扬
那朝向天空的妇孺的悲鸣
横贯我草原般的胸膛
古城上兵将的头颅，扣响乌云大门

沸腾的不只热血，还有山川
苍老而涌动的山川
来自远方的神秘的烽火
烧红整个冬天的落雪
咆哮的历史翻滚着歌唱
我的衣裳如今破裂成前世的盔甲，手臂抵达太阳
站在这里我光芒万丈而万般愧疚
呐喊，而默默无言

一步到位

要不是人生的屋子空着
我也不会跟着自己
来回走动
从一块瓷砖跨越到
另一块瓷砖
仿佛一步就凌驾于
两块墓碑之上

入殓师

经过不懈努力
我终于通过了
殡仪馆的面试
成为一名入殓师
明天将是我
正式入职的第一天
自然马虎不得
为此我特地把闹钟
调快了一个小时
以便留有充足的时间
站在镜子前
好好整理自己的遗容

轩辕轼轲

端庄

这次来到云端，我不光想听到瑶池的枪声
还想找到上帝的假牙，不过就像曹操在地面上
遍布了疑冢，他也在天空上扔满了疑云
摸起来虽是温热的，但里面只有飞鸟的味道

宅急送

快递员送给我一场暴雨
递上了羽毛笔，问我敢不敢签字
当然敢，又不是弹雨，凭什么不签
不过我得未雨绸缪，去超市买了把天堂伞
他也把脑袋缩进站牌的遮阳棚里
我一开封，暴雨果然如期而至
把行书般的路人，冲成了只剩偏旁的日文
正巧雨外走来了一群爱国志士
见本田就掀，见寿司店就砸，这些易容的字根
当然也不容错过，快递员问我
读完了吗，我妈喊我回家吃饭了
我赶紧把暴雨一折，发现雨幕的两侧
缀满了生鱼片般的木屐

不夸张

在每首诗里改掉一个毛病

用不了一千首你就会成为古今完人
先布雷　再用避雷针般的身子骨去蹚雷
委员长站在床边　费好大劲才挤出眼泪
这一点都不夸张　这首诗一定改掉夸张
一行就是一行　不要凭空披上袈裟
一行就是一行　不要突然露出剃光的脑袋
即使写到长安　也要勒住缰绳
把马牵回室内　从书房踱进客厅
迎面就是一张桌子　木头做的
以前在森林里举着鸟巢和树叶
现在在生活里举着一日三餐
有时不小心弄翻了饭碗　就要仔细打扫
再端来另一只碗　在特殊时期
桌子可发挥特殊作用　这一点都不夸张
地震时可以做防空洞　挡住落下的屋梁
洪水时可以做舢板　死死趴在上面
哺乳期的岳元帅　死死趴在莲花缸里面
飘进风波亭才终于停住　莫须有
也许有冤魂不断飘过你的眼前
但直升机总会盘旋到你的头顶
你可以呼救　但不要太夸张
直到冲出这首诗飘进真正的激流

亚　楠

沟口川

沟口川是我出生的地方
群山连绵，一条大河从中穿过
父辈们一手拿枪，一手拿着镢头
开垦良田万亩麦浪翻滚
那时，我与时光一起滑落
在一个寂静的夜晚
大雪飘飞，饥饿围困所有的
生灵。炉火正旺——
亲情的力量激励我
瞅着门前的两棵小白杨
一年年拔高，一年年守望着
而我就在这守望里
放飞五颜六色的鸽子

我那童年的兄弟

现在回想起来，我童年的那些
兄弟依然让我怀念。
村庄是落寞的，贫瘠而又充满人性的
悲悯。成年人整天忙于生产、斗争，
无暇顾及的天地其实都是
我们的。这便成全了我的想象和童心……那时
我喜欢去野外采桑葚，也喜欢
把各种烟盒叠成三角。
不过最让我动心的还是三五个小伙伴
围追一头牛——这常带给我

一种征服者的快乐。
显然，在那动荡的年代我没有
沉浸在忧伤里，也没有让自己成为
一棵行将枯萎的草——
而那时，真庆幸风雨飘摇的尘世之外，
这些幼小的心灵没有被扭曲。

灰色鸽群

终于，它们可以安静下来了
雪野上肃穆连着肃穆。那些白像是
记住了什么，空洞而傲慢的风
一直刺入我的心脏——

因此我的孤独就是一棵树的孤独，就是
一群野鸽子在雪地上迷茫的眼神
等到另一时刻，我眼里只留下了白

和一些可有可无的话题。
但风毕竟还是停了……很多年前
的一个夜晚，我也听到了相同的故事
雪崩掀起巨浪，一瞬间，整座山林

成为了一片死海。可那时候，
我也来不及多想什么，因为明天
另一场暴风雪还会降临

致青春

我的青春留在了田野，留在了五月的
麦浪和十月稻香。那时——
荒凉的风劲吹，野草在疯长，
就像一次浩劫，把我推向无底深渊

可是我也没有走向衰亡，没有
走向命运的另一侧。
多么短暂啊！我的青春在烈日下蒸发了
这晶莹的露珠呈现出亮色

就在遗忘中，果实沿着山峦
次第打开门户，让辽阔不断延伸
的想象促使我继续赶路
并且，明天我又将回到哪里？

而此刻我已经开始下降，我想在低处
或许就可以看见青春的秘密

汉滨果园

她们用睡眠安静地守望，也是一种
古老的游戏进入了
门敞开着，声音开始明亮起来
而这些树都是果园最初呈现的婚礼

但我知道果实在枝头，
在乡间，她们比春光更妩媚
这注定也会比我孤独。当然——

她们也会成熟起来，也会在寂静的夜晚
像一阵风掠过。而树依旧用
记忆握紧晃动的影子，并且等待
或许，我已经无法再说这些了

无法用一缕光唤醒另一缕光，
但我想，这并不是我所希望的——
在汉滨果园，其实我只想看见
枝头上一颗颗闪亮的露珠

雁　西

苹果

1

从今夜开始，我就是
树上的一只苹果，同样
会说话，有爱情的迷惑
在梦里，变成一只苹果
在我看来，苹果的形象
或许就是这个世界，最像我
最能表达我心情的代言
有了苹果，在我的诗歌里
就会有呼吸和生长，就会
有青色的皮肤和春天
有红色的面容和秋天
还有熟透之后的丰盈

2

我只能这样眺望，我的爱人
还在早晨的露珠里。在我和她彼此
淡淡的思念中

春天已经来临，嫩叶从树枝上
绽开，倾诉开始了
堆积已久的爱情，随着阳光
一览无余

我要对我的爱人说，亲爱的
我要爱你，我只爱你
一生一世，不，应说永生永世

在树上，在大地上
还要在天空上刻上我和你的
名字，永不变心
永不

3

比如微笑，很有可能
会改变月亮的方向，甚至会
改变命运的航程，在北方
或者说北方的四月
在那些忧伤的十二月，想象
更为遥远，保持歌颂
我知道：来之不易
曾经的折磨和虚伪的表情
伤我最终，仿佛世界将我
遗弃。谢谢微笑
你让我开始转向
更远的远方

4

不要这样说。你并没有看清
真相。那场雪不是为你而来
她的飞临和眼神，是为了回忆
找寻过去的时光，就像一本日记中的
文字，打开第一场雪
与爱情有关，与我有关
请你不要自作多情，它是我的
珍爱，虽然那么短暂，怕见阳光

无言地化成了泪，水一样
离去，没有伤痕和怨言
等春天来临，抚摸了过去
再也没有遗憾了

5

再没有什么
像这场细雨的来临
可以安慰我疼痛的心
我这在远方的亲人
在另一个世界的黑暗之中
可否看见今夜
我用纸点燃的光芒
和温暖　顺着风的方向
来吧　领走这些灰烬
和被纸点燃的心情

房子还在
床也在静静地想你
镜子中再也不能出现你
那些在一起的时光
一闪　就走了
就像你的样子模糊了
不可能触摸到你的体温
天人永隔　再也看不见你
灯光之下　没有你的呼吸
给过我温暖和爱的亲人
今夜　我看不见你
但相信你一定可以看见我
来吧　领走这些灰烬
烧了一层又一层的思念

杨　克

地球　苹果的两半

我在西海岸的黎明中醒来
在东方你正进入黑夜
地球是一个苹果
字母O　是上帝挥起球棍
击中的棒球　在宇宙不停翻滚
我得意这很美利坚的隐喻
却醉心于祖先的太极哲学　东西两仪
犹如首尾相衔的阴阳鱼
这个概念因你而异常清晰

历历在目的是两棵松树
虬曲刚劲的枝条　凝固风暴的形状
战栗的松针筛下万线金丝
一汪浅浅的池塘
两只野鸭　晨光在它们绿色的羽翎流动

我沿着岸边木板铺设的廊道晨运
大海白皮肤的波浪　将世界徐徐打开
澄澈的天空在融化，云像漫溢的牛奶
浮着一枚太阳金币
在第8小区拐弯处
再次遇到两个黑人胖妞
友好的"嗨"　与头顶上海鸥的叫声呼应
穿透无限蓝的海水
瞬间抵达地球的另一半

从日出到日落
这中间的距离岂止是万重关山
又一盏街灯姗然而至
人声鼎沸的肉菜批发市场
我们紧挨着经过　像两棵葱茏的青菜

昏睡的骑楼像发黄的纸张
风在游荡　夜的肌肤丝绸般清凉
月白皙的前额　星星的眼
光充盈所有的角落
这时我听见两声鹧鸪
你一条微信
鲸鱼一般游过太平洋
苹果和另一只苹果
在手掌里　东半球与西半球
那么近　如同邻家女孩

松山湖

蓝天，倒扣的湖泊
阳光的金线飘落
像松散的发丝正穿过春风的手指
谁在与你耳鬓厮磨
小小的花蕾晃动

巉岩上弯曲的松树被夕照镀亮
如你的脖颈清晰
青石板留着余温，你我并膝而坐
看迷蒙的水面白鹭翻飞
牧神派遣一条小路
从身后不远的山坡蜿蜒而下
你的足音在石阶起落
像迷路的线团，沿着湖水绕来绕去

风情不解呵，两枚浆果掉进湖底
深邃的蓝被撩起，
寂静如初的松山湖
三月里曾何等荡漾
九月仍不停泛动一轮轮秋波

春日寻油菜花不遇

天真烂漫的笑脸，一朵挨一朵
着青衣的野孩子
在浩瀚春风中手挽手
它们与小春天同龄
是谁泼洒这金灿灿的油彩？
比梵·高疯狂的黄色更恣意妄为

说起植物中我的同胞
你的脸也叠印出万丛笑意
如同来到黄金海岸
我眼前浮现万顷波涛
任性逍遥春意漾到了天边
突然裸露的田野割伤眼帘
原来油菜花爽约了，都被四月喊走了

疲倦的人儿，等待着刷新
荒凉的心田
一晃眼，恍惚是贵妃
仿佛一枝红艳的大唐伸延过来
那五瓣的盛世，耸得多高贵
不为武媚娘折腰的牡丹仙子
裹挟前世今生的妩媚
花非花时非时
我也非陈子昂，公元二〇一四年的东莞

更迭着的洛阳的繁华
多想也登旗峰山放歌
天地的大美
如今被一株牡丹盖下去了

汗血宝马

流血的闪电
一眨眼就把整个草原
烧尽了　天边疼得一鞭子似的
我西部的祖国　静寂里滚过
一串炸雷

杨北城

老木匠

一座破败的木工房里
散乱着一些杂木，它们隐姓埋名多年
你一直为它们保守着身世
悉数每一根原木，曾经的繁茂
我喜欢看着你，每天绕着林子转一圈
又默默地走开，好像你从未来过
你不再笃信笔直的墨线
手臂一再弯曲，像墙角松弛的锯弓
它可能比你新做的烟斗，更空洞
你有时也在檐下，安静地吸着烟
仿佛随时消散，我要赶在你老去之前
与你相遇，向你请教不着一钉的绝技
在一次木头咬住斧子的伤心地
凿子还在深入，刨花翻卷着脆弱的生活
你楔下的榫卯，仍纹丝不动
而你脉象充盈，心里还在一斧斧砍着
你一直想用祖传的手艺，和闲置的木头
为自己打造一架上好的云梯

花山林场

当我跟随你走进那片山林时
我的脚力迟缓，从中年看出去
干涸的河道上，父亲的竹排无迹
暴雨把石头散乱地堆放山腰

避雨的木屋，爬满了青苔，紫藤
八零年伐下的木桩，已腐朽平复
那个木屑纷飞的冬天，温暖如今
我小心踩着你的影子，走过一段斜坡
那年你在林场的山道上飞奔时
我正在农场的机耕道上驻足远眺
吱呀的锯木声，惊起白鸟欲飞
南方的天空下扑啦啦一阵哗响
许多年后，我在河滩上拾到这片羽毛
小如蜂翅，浑身沾满槐花的香气
那天，我们正要下山时
一片大雾，恰好从山顶斜遮了过来

在北六环，听到一声虫鸣

我惊异它们，那么小的身体
竟能发出如此嘹亮的声音
酣畅，放纵，像金属的演奏
一片片削去了城市的耳朵
可这些年，我却一直在诗歌里假寐

我确信，我曾听见过这个叫声
虽然不是这一只，但并不重要
重要的是，它又开始叫了
在我想离城市更远一些的时候
这叫声，使我往草丛深处注视了很久

从秋天的草根里出发的生命
它们只能活过这个秋天
却不知疲倦地编织着，巨大的过滤器
“也许我听到的虫鸣，恰是它们的寂静
而它们的无声，恰是我的失聪”

嘘，轻些，别作声，你不会是最后一个
被虫鸣催眠的人，进入它的秘径
并通过虫鸣的引导，返回大地
但我知道，即使我能把所有手机的铃声
都置换成虫鸣，也无法复制一颗草根的心

红花草

我重又回到春天的背后
回到开满红花草的田间
尽管时光短暂，油菜花遮蔽
爱和痛一起到来，还是令人慌乱
金色的蜜蜂，蜂拥而退
带走了明日的话语和甜蜜
这些比草更贫贱的花朵
刚熬过寒冷的冬天
还没开够，就被春天埋葬
她们甘愿赴死而后生
代替我，成全了更多的生长
她们庞大而细小的心脏
无法抗拒轰响的泥泞
身体，在两块地里翻卷
仿佛自己点燃了自己
我在灰烬里看见它们
绿发蓬松，望着黑色春天
顷刻被收走了微笑

叶延滨

山醉

有人在猜拳
有人在对着麦克风撒娇
酒过三巡
谁也没发现——
窗外的青山
左手按下了太阳
右手轰走了月光
一跺脚
抖落了满天的星子
然后睡去
山风轻拂

四季

春天看见秋天
不说妒忌
只说，幸福都是从春天开始的

秋天一转身
发现冬天在后面
叹了一声，白忙活了！

冬天拿着夏天的照片
见到谁都嘶声地叫
看看！这就是我，高富帅……

自由

沙漏器里的沙子
有着流动的自由——

从上面的玻璃罐子
通过一条细细的喉管
流向下面的玻璃罐

沙子们奋发努力
沙子们拥挤着向前
自由地向前涌动

唱着无字的歌曲
沙子们自由的移动
玻璃罐给它们光明的心境!

而我只看见一只手
正把沙漏器翻转过来……

秘密

在这一刻
我看到诗歌的脸
当你接到一个神秘的电话

一泓清水
一丛绿草

你合上了手机
也关闭了脸上的表情:
“哎,现在该谁出牌,我吗?”

行装

我想像古人那样周游世界
一匹马驮半袋诗书
半壶酒伴一把长剑
任阳光把身影缩短拉长
随月色引我潜入梦乡
过去很生态
现在很奢侈

还是妻子对这个世界更了解
每当我要出远门就只问一声：
钱包？手机？钥匙？
——任走遍天涯
都能找回家！

真相与真理

人类，也许只是一个人
也许是他是你还可能是我
迷恋上了“真理”
这是一个没有性别的词
在这个词后面有一串又一串的词
词汇成为一条小溪
流进一本又一本的书里
书与书结盟
结成巨大的没有出口的迷宫

而真理，这个词汇中的上帝
却早早地溜出了书本的迷宫
站在早晨的阳台上说
太阳快升起来吧

花儿开放了吧
小鸟歌唱吧
草儿绿吧
风吹吧
——告诉大家一个喜悦
那个爱给这个世界添麻烦的傻子
被关进书本里了！

于　坚

梦中树

一棵银杏树在我梦中生长
我为它保管水井　保管雨　保管蓝天
保管树枝和那些穿黑衫的老乌鸦
保管着午后拖在河畔的阴影
我是秘密的保管员　虚无的仓库
事物的起源储存在我的梦中
如果一所文庙要重新奠基
我能在黎明前献出土地
我在白日梦里为大地保管着一棵真正的树
就像平原上的乡亲　在地窖里藏起游击队长
为它继续四季　哦　那万物梦寐以求的故乡
原始的时间　不必妥协的国度　它是它自己的君王
它是它自己的光　它是它自己的至高无上
自由舒展　光明正大　地老天荒
那些念珠般的白果　那些回归黄金的树叶
当秋日来临　光辉之殿照亮条条大道
世界的伐木者永不知道
还有最后一棵树　树中之树
在水泥浇灌的不毛之邦
后皇嘉树　橘徕服兮
我是它幽暗的福祉

大象

高于大地　领导亚细亚之灰

披着袍　苍茫的国王站在西双版纳和老挝边缘
丛林的后盾　造物主为它造像
赐予悲剧之面　钻石藏在忧郁的眼帘下
牙齿装饰着半轮新月　皱褶里藏着古代的贝叶文
巨蹼沉重如铅印　察看着祖先的领土
铁证般的长鼻子在左右之间磨蹭
迈过丛林时曾经唤醒潜伏在河流深处的群狮
它是失败的神啊　朝着时间的黄昏
永柯的雾在开裂　吨位解体　后退着
垂下大耳朵　尾巴上的根寻找着道路
在黑暗里一步步缩小
直到成为恒河沙数

左贡镇

我曾造访此地
骄阳烁烁的下午
街面空无一人
走廊下有睫毛般的阴影
长得像祖母的妇人垂着双目
在藤椅中
像一种完美的沼泽
其实我从未见过祖母
她埋葬在父亲的出生地
那日落后依然亮着的地方
另一位居民坐在糖果铺深处
谁家的表姐
一只多汁的凤梨刚刚削好
但是我得走了
命运规定只能待几分钟

余 怒

致儿子

有时我想爬树，
和儿子一起，通过树枝树叶亲近儿子。
儿子长大了，他更喜欢独自爬树，
边爬边自个儿跟自个儿说话。
什么都可以遗传，孤独。
没有办法，
就看你如何安慰自己。
棒球迷爱棒球，喜欢围观的人爱在
别人身上找乐子。
有人去索马里海域，对海盗产生兴趣。
有人去南极，冷冷身子。
树枝树叶，是身外物，即便一棵大树，即便
一个我这样年龄的人有什么冲动。
难道围观的人
不肯吗？——围得更紧。
鸟不肯吗？——径直飞下来。

现实中很多智障儿。语言中我是。不像
大雁或土拨鼠，天上的索性在天上，地上的
索性去地下。

怎么说呢

女人们在铁轨上练习滑行，打着趔趄。

老头在报刊亭后面
躲着、笑着啃甘蔗。
摇摇晃晃的鸭子，被玻璃划伤了。
在智力测试中我总是败给那些美丽糊涂的姑娘。
我写过很多诗，维护我自己。现在我要睡了。
因为接下来的日子太多，不如现在倒头就睡。
在海边，我竟想不出一个影射这个国家的句子。
我不能自己淹死。
比基尼很好看。
好看，乌拉，波浪。
收起你的表演欲，神经内科是干吗的？地球对于
人类的意义。这一切并不是荷尔蒙引起的。
我想告诉她的是，
在这个臀部主宰一切的国家里千万不要忙着
训练男女警察干那事，而且
你有佯装快乐的本能，对不起我也有。嘘嘘。

刺猬论

冬天冷，我们花一天时间
讨论刺猬。
我们在房子里，开着空调，
穿着运动衫，心里柔软。

刺猬怀孕了，
刺猬误入农民的院子，
刺猬逻辑混乱，生下一窝小刺猬。
小刺猬爬。我们讨论得很认真。

假设一只光秃秃的小刺猬一个肉团滚到
我们的脚下或者直接爬到我们的床上在
你我之间讨论的间隙或者梦中，我们还
继续讨论吗？

当然。
我们会沮丧，
夜不能寐而伸手于窗外。
我们可以讨论更现实的问题：我们。

章鱼

天气晴朗，有利于听觉和视觉，
像干爽的衬裤。
有人问，你今天好吗，我回答不好。
朋友们好吗，不好。
地球转动给我们的感觉，
冰块、鸟的残骸和围绕我们灵魂的章鱼
给我们的感觉。只有天知道。
章鱼身体。比基尼。K 粉。
一个生活的失败者蹲在路边卖旧书，
回到家，他边哭边干那事，
边念叨维特根斯坦。他说一秒钟
也不愿多活。他是我多年的朋友。
而我呢，蓄着络腮胡子但不想
与艺术发生关系。
我没有杀过人，但我有欲望：
维特根斯坦，维特根斯坦。
对我而言维特根斯坦仅是冰毒也就是说
我对世界的看法有可能比章鱼更古怪。

余秀华

我爱你

巴巴地活着，每天打水，煮饭，按时吃药
阳光好的时候就把自己放进去，像放一块陈皮
茶叶轮换着喝：菊花，茉莉，玫瑰，柠檬
这些美好的事物仿佛把我往春天的路上带
所以我一次次按住内心的雪
它们过于洁白过于接近春天

在干净的院子里读你的诗歌。这人间情事
恍惚如突然飞过的麻雀儿
而光阴皎洁。我不适宜肝肠寸断
如果给你寄一本书，我不会寄给你诗歌
我要给你一本关于植物，关于庄稼的
告诉你稻子和稗子的区别

告诉你一棵稗子提心吊胆的

春天

我养的狗，叫小巫

我跛出院子的时候，它跟着
我们走过菜园，走过田埂，向北，去外婆家

我跌倒在田沟里，它摇着尾巴

我伸手过去，它把我手上的血舔干净

他喝醉了酒，他说在北京有一个女人
比我好看。没有活路的时候，他们就去跳舞
他喜欢跳舞的女人
喜欢看她们的屁股摇来摇去
他说，她们会叫床，声音好听。不像我一声不吭
还总是蒙着脸

我一声不吭地吃饭
喊“小巫，小巫”把一些肉块丢给它
它摇着尾巴，快乐地叫着

他揪着我的头发，把我往墙上磕的时候
小巫不停地摇着尾巴
对于一个不怕疼的人，他无能为力

我们走到了外婆屋后
才想起，她已经死去多年

一包麦子

第二次，他把它举到了齐腰的高度
滑了下去
他骂骂咧咧，说去年都能举到肩上
过了一年就不行了？

第三次，我和他一起把一包麦子放到他肩上
我说：爸，你一根白头发都没有
举不起一包小麦
是骗人呢

其实我知道，父亲到90岁也不会有白发

他有残疾的女儿，要高考的孙子
他有白头发
也不敢生出来啊

下午，摔了一跤

提竹篮过田沟的时候，我摔了下去
一篮草也摔了下去
当然，一把镰刀也摔下去了
鞋子挂在了荆棘上，挂在荆棘上的
还有一条白丝巾
轻便好携带的白丝巾，我总预备着弄伤了手
好包扎
但 10 年过去，它还那么白
赠我白丝巾的人不知去了哪里
我摔在田沟里的时候想起这些，睁开眼睛
云白得浩浩荡荡
散落一地的草绿得浩浩荡荡

雨 田

家乡风物志（组诗）

洗墨池

穿过粉竹楼的竹林　如何看春天的光辉泛满大地
田野上空的光芒怀着对桃花的梦想　飞越丘陵
涪江和麦田　一种雄性的高度激起群鸟的欲望
狂奔的马匹和禅意尽在你岁月的浪花里图腾　漂浮
在水面上的除了李白的独傲形态外　就是一代唐风

肥沃的土地和明月留不住精神的漂泊者　汹涌的词
如月光不再孤单　谁扛着命运在漆黑的夜里取走火种
难道说　心灵的烛火如钟被风雨敲响　唤醒内心的铁

是谁用洗过笔尖的水　把骨头里的长剑磨得无比锃亮
然后点亮孤独的灯盏　浅唱低吟　承受风暴的拍打
青春的血浆抵达浩瀚　用压迫的灵魂歌唱终极之爱
月亮升起来　洗墨池里水的清纯度还是那么高……

在王朗想到或看见

最终　我睁开眼睛看见的是残雪　唯有闭上双眼
才能看见光明　我独自从原始树林走出来时
身后神山裂缝的深处亮出一道彩虹　我沉静的目光
此时在这里与直指云天的冷杉　云杉　红杉相遇
溪水边的羊群无精打采　我又去和谁交谈什么

关于战争与世界和平的主题　女人和金钱的主题
远处是什么东西正在坠落　一阵嘎吱作响的声音
把我的美梦惊醒　渴望来自无穷的失败　我
不能与内心的疼痛终生共眠　精神的雪片
已经在黑暗中无言地落下　狂野里的语言拥抱着我

当年那些成群的山鸡去了何处　以及罪恶在哪里
我的目光在大草坪追逐着一只野兔　永远不能
消失的死亡不知道在追逐谁　看见那些残叶
在寒风中堕落时　我并不恐慌　我只想上帝说
我不相信灵魂的永恒　因为睁开眼睛看见的是黑暗

乡村博物馆

没有谁在赞美你　而被人们赞美的是些什么
一棵年老的朽木　还是那些有毒或无毒的植物
不知为什么　我从不听从美的召唤
什么才是真实的　永恒的　什么比月光更汹涌
什么才是撕破黑暗的黎明　谁能告诉我
怎样才能让自己不再麻木　难道我就情愿放纵
情愿备受盲目的煎熬吗　是的　我内心的火种
被谁取走　谁的痛哭正被说不清的春天埋葬

我在这里低着头　天空也在这里低着头　犁头
风车和磨面的石磨没有告诉我谁带走了时光
那些被铁匠在炉火里锻打弯刀和斧头为什么沉默
许许多多的问号都在这里成了深渊　我麻木的手
握着别人的手时　左顾右盼的老妇人是否知道
现实里的无数双眼睛早已看不到真实的眼睛
我要质问　谁在压迫我的灵魂歌唱
一盏油灯　一对马掌和一台老式放映机
无语地望着我　精神的镣铐会锁住我的晚年
历史在修辞中已经成为历史　只有你还有真实的一面

从虎牙眺望，孤独沉默

假如我不来这里　那么　我会想象虎牙河是一匹
脱缰的野马吗　会在林区看见成群结队的金丝猴
和各种各样的蝴蝶吗　我在大峡谷　在大龙口
与瀑布相遇的只能是一轮苍白落日　和失血过多的黄昏
我内心的火焰在何处　谁又在何处做起死亡之梦
虎牙河边　我饮下从雪宝顶奔腾而来的河水时
一只小小的蝴蝶吻了一下我的眼睛　此刻我想
比虎牙河更加宽阔的是我的忧伤和内心的疼痛

有人从王朗到虎牙　一路上不停地发表着演说
面对森林　面对白马山寨　哪怕一个听众都没有
残存的语言里　官僚的贪污　腐败早就成了
电视报纸上散着馊味的话题　其实你　我　他
我们都是活着的道具　当我在瀑布下面看见苔藓
以及混杂在苔藓里面的物体时　我想说
虎牙的金秋里　那些红色的枫林　金黄的银杏
还有红桦　栎树　苍松　和粉色　蓝色的野花
都在我的身后自我净化　此时白云已经撕裂蓝天

玉上烟

野心

我想养一只老虎
我流泪时它会安静地看着我
有时它欢快地跑到路边，嗅嗅青草。有时会把它光滑的脊背
贴到我身上

没有一只老虎比它更漂亮
它皮毛金黄，高贵，完美。连阴影都那么健壮，让我情意顿生
而想象自己是另一只匹敌的母老虎
我用每天省下的钱，给它买新鲜的牛肉。我饿肚子时，也会把它嘴巴先塞满

我梦想攒下更多的钱
我的亲人越来越少
他们总是在中途死掉。前几天
母亲的脚扭伤了。半夜，我梦见一向老实的弟弟也不知去向

我想养一只老虎
我活多久它就活多长
即使把世上的石块砸向它，它也不会跑得比我更快
它凶猛，后来和我一样渐渐衰老

我想养一只老虎
有一只老虎我至今未养
人世苍茫如暮晚，我有疑虑如大江
我害怕，它跑着跑着，也会突然停下来……

滩涂即景

海水卷来泥浆的味道
灰沉沉的海岸
像一根细长的骨头，浮荡在天际
远处，几只白色的水鸟
飞飞停停。堤坝边
几个捉蟹的深肤色男人
不时弯下腰，翻弄着
那里，还有浅埋的毛蚶和蛤蜊
在泥沙里匍匐
而寄居蟹在缝隙中
留下了惊惶的踪迹
弹涂鱼则忙着钻洞躲藏
稀疏的水草，在浅水中颤动着
如同受惊的鸟儿
冲向岸边的浑浊的泡沫，散发着
呛人的腥臭味儿
我紧盯着这些奇异的生命：
在这片宽阔的床架上，一切都在
忍耐与绝望，漫长而孤独中
努力存活。有一阵子
我觉得我也满腹泥浆。甚至
长出了鳃与鳍

午后

午后，我常独自在小区里散步
我喜欢看每一株植物
喜欢在这个时间给亲人打个电话
我跟母亲说南方天气有多好
仿佛我活得跟树木一样茂盛

茶花谢了，我就看它的叶子
美人蕉开了，我就掸去叶子上的灰尘
在摇动的树影下
我还翻动几块石头
看看有没有淘气的蚂蚁和西瓜虫

没有人在树林里等我
伤害我的人也越来越远
在宁静的植物面前
我也很安静
我会长长地松口气

如果有鸟叫
我就追随它，仿佛多年的老朋友
如果遇到喜欢的树木，比如紫薇
我就会停下来，多待上一会儿

野鸭

稻田右侧，是一片宽阔的水域
现在天气开始转冷，天空灰沉沉的
只剩下电线杆上的一些麻雀
悠闲地飞来飞去
我们慢慢走近芦苇荡
突然，一只野鸭踩着水面
飞快地向前奔去
我们睁大了眼睛
沿着它划出的白色水线
它的影子越来越远
直到水波抹去了它的脚印
在这空旷的人世间，发生了什么？

我们还未来得及看清它的身影
它就不见了
一切重新陷入寂静
我们茫然地盯着水面，梦一般的迷失
心仿佛也跟着飞走了
有多少次，沿着命运的经纬线
我们也这样急急向前
追逐着，惶恐着
像被驱赶
像另一头，有什么在使劲拽拉我们

郁　葱

荆轲刺秦

有荆轲刺秦，才有慷慨悲歌，
有萧萧易水，才有侠义英雄。

我到易水，找不见水寒之地，
我寻壮士，梦不到匕见之时。
壮怀激烈也罢重义轻生也罢，
其实秦王终为一统。
他不死，他“复还”了，
荆轲，也早已在人心中复还。

今年的秋天易水舒朗，
夕阳下的层林黄似赤金，
燕成旧事，秦为当年，
那曾经洒下的血能否比一棵衰草，
那当年播下的恨重不过一段枯枝。
我在燕下都捡起一块瓦当，
竟然觉得，尘世中又是几个轮回。

一将之后总有朽骨，
千年枭雄平添遗恨，
樊於期的头颅上，有更热的血，
燕赵之地掩埋了多少豪杰俊杰。

但易水在太行山在紫荆关在，
冬来飞雪，春至草生，
千年万年，青黛如昨，

贱如是，贵如是，长如是，老如是，成败如是……
看那高天远地，终为永恒。

“风萧萧兮易水寒，
壮士一去兮不复还。”
还记得，很多很多年之后，
易水云蒙山下的太宁寺村中，
有了一座冯道隐居吟诗的仙台……

姜女庙

我可以不知道，长城是怎么伫立的，
但我一定知道，长城是怎么坍塌的。
也许孟姜女不妩媚，但她执着，
也许孟姜女不妖娆，但她坚韧。

杞梁妻，一哭千载痛，
孟姜女，一望百年潮，
依渤海，渤海浪如泪，
沐朝雨，朝雨洒九天。

人其实什么也可以不要，
只要那个相依为命的人，
只要那个长相厮守的人，
有那个人就有灯，
有那个人就有天。
没有了就找，感动苍天也要找，
撼动大地也要找。

凌然大义，以礼处事，
潮涨潮落，云卷云舒，
既无所归，向城而哭，
隅即坍塌，墙亦倾覆。

路人为之挥涕，
十日城为之崩。
姜女何归矣？
遂赴淄水，遂追结发。

很远的地方是幽州，
幽州的北面是长城。
不闭月羞花，但舞动云霓，
不沉鱼落雁，却倒海翻江。

山海关，望夫石，夫妻树，
几世泪眼，
一夜秋凉，
若为情字，千年一爱，
如缘不尽，再爱一回！

这世上生死皆为爱，
阴阳为爱，
春秋为爱，
冷暖为爱，
乾坤为爱，
一个爱字让人一生痴醉让人一生抱恨，
天崩是爱，水流也是爱，
天下之善，之美，之恋，
皆由爱一字担承。
姜女庙，容一人之爱容人间之爱，
有一世之情有万世之情！

大雁北飞，你看那一段绝世之情，
在一段绝世的历史上，
留下了刻痕。

题郭沫若故居

你的故居，真的如同你：
有那么多的曲径，
有那么多的回廊，
有那么多的妍丽，
也有那么多的未知。

哪些门曾经是你的踟蹰？
哪些窗曾经是你的徘徊？
你端坐在这里，
至今没有告诉我们，
哪些已经是定论，
哪些，依然是谜。

你执着于历史，
但你也成为历史。
经年中有你的光华也有你的黯淡，
但你毕竟是一个经典，
和一个奇迹。

你是一位诗人，
这让我想起另一位诗人著名的诗句，
他说的“有的人”，
似乎就是在说你，
也是在说每一个人。

此时，一个您的晚辈在感慨：
您活着的时候，曾经死过，
而您逝去之后，
却这样沉厚、从容地
活着！

臧 棣

唐蕃古道上的不眠夜

回过神来，仿佛永远都是这样——
窗户窄小，却开得比门还大。
从河滩上捡回来的三块小石头
在窗台上排成一行字。
你看不见，但我知道
你猜得出它们的心思。
此时。我拥有的，仿佛是
石头的自信。不仅如此，
夜风，像刚撕下来的一块皮，
裹着你的旁边还有一个你。
前两个晚上，还有月光
像卷紧的旗帜，寄存过三小时。
三小时以后，就好像今晚
绝没有误会过永恒。淅沥的雨水
开始轻轻锯着人生的耻辱。
我探出头，梦一般的街道幽深得
就像有一群牦牛刚刚走过。

蓝靛果丛书

长白山下，它让我看
它身上紫蓝的钻石胎记，
而你抢先看到的却是
宇宙的蓝耳坠。从羊奶子

到黑瞎子果，每个部位
都比秋天的色情还关键；
轻轻一挤，深色的浆液
竟如同火山石的眼泪。

偏僻的地气里的小小的正确：
它把自己能把握的真理
献给了单纯的事物。它单纯到
可以无视我们和狐狸之间

有过的区别。它用它的紫蓝
等候你我多年，就仿佛
在它的一个瞬间中，
我们的一万年已远远落后。

长白山温泉

乍看上去好像也很普通，
池子和池子之间，台阶平缓就好像
天堂在慢慢下降。散落的秋叶
偶尔会飘进池子，在清澈的折光中
变形为温柔的异物。加热自火山的秘密，
所以，水很热。水里甚至有
一扇袅娜的热门。比邻的池子里
水温要低点；通过反复驱赶，
一条小鱼独占了你鼻子下的倒影，
它兜着圈，用亲嘴叼来前世，
配合夜色中，迷人的春秋各占一半。
我们走向我们的赤裸。
经过浸泡，在我们的赤裸中，
真相和假象各占一半。
此地，泉液亦可弱水，
而你随时可以成为花朵，

成为黑熊，成为松鼠，成为金鳟，
成为遥远的星星，成为海底的珊瑚，
成为金雕，成为岳桦林的男神，
成为雪莲，成为盗用过心声的丹顶鹤，
成为覆盆子，成为红松的兄弟，
紫松的妹妹，成为黑啄木鸟，
成为掠过黑风口的雨燕；
事已至此，但你还另有变形记。
你所熟知的，每个世界都比它广大，
而它，将你拥入怀中后，它的世界
也会突然显现，绝不小于
外面的世界。更重要的，不论你是谁，
不论你以何种面目出现；
不论你正接近它，还是正远离它，
不论你对宇宙还有怎样的想法，
有一点是明确的：它还没有骗过人。

鸡冠花丛书

它没有兄弟，虽然在旁边
马鞭草伸出的手
已能稳稳接住大雁的雄心。

外形如此美艳，比我们中的任何人
更接近完美的拒绝中的
完美的挽留，以至于秋天的猛烈

反而看上去像时间的嫉妒。
它的肉，全都露在外面，
但你不太相信。你渴望探索

内部的美。而它坚持除了你
已看到的外表，它没有其他的内在，

它没有你能进入的秘密。

你最好站在飘香的桂花树下别动，
它的请求带着血色，涉及宇宙的秩序：
它请求你永远待在它的外面。

拆迁

你付过钱，也按过手印，
也给迷人的权力穿过一条裤衩，
还用白手绢擦拭过，无底洞的后视镜；

但是一点也不奇怪，那房子并不存在。
要么就是，等记忆完全恢复时，
房子已不在原来的地方。

这一切有秋天的月亮为证。
你把前门关上时，皎洁的月亮像你的女儿，
带着从车站上失联多日前

只有卖冷饮的人见过的最后一副表情。
你把后门打开时，金黄的月亮像你的儿子，
已被大麻出卖，而耻辱并未获得新意。

曾凡华

采薇

"昔我往矣，杨柳依依；今我来思，雨雪霏霏。"
——诗经《采薇》

这铺满平泉山路的野豌豆
是我夫人最爱咀嚼的一道风景
如今她老了　一如秋后的薇
连我都不采了　遑论旁人

然而她也是鲜嫩过的
在丛薮中出类拔萃
须叶散放出一种混沌未开的涩味
柔美得让人心碎
那冥冥中秀出的紫色花
曾令军旅漂泊中的我　相思得苦
可在霜降之后　已蔫然不堪回首
难道这就是薇的晚境

若放在当年出征后的回乡道上
我又将何如……

平泉印象

"天高大漠围青帐，日午微风动彩旒。"
——康熙《塞上宴诸藩》

我想象过康熙在大吉口围猎时的颟顸

将同样颟顸的母豹放过之后作捋须沉思状

似乎看到了三百五十年后的今天
平泉山林里的那片斑斓
那种闪电般稍纵即逝的快捷
以及猫儿上树的速度与平衡生态的刁蛮

这样一种快捷
超过了灭绝的界限

于是　猎豹得以生存
麋鹿得以生存
岩羊和山兔得以生存
菌类和草类得以生存

于是　倒生物链形成了
形成了马孟山连绵浮土河莹澈的平泉……

胡笳

“胡笳本自出胡中，缘琴翻出韵律同。”
——蔡琰《胡笳十八拍》

谁也想不到那紫髯绿眼的胡人
所吹出的笳音竟然嘤嘤如泣

是平泉这一马平川的旷野推延到山边
把人的视线拉得太开太远了么
以至于风马牛不相及
使弄笳者的心绪难以平复　惊恐也伴之而来

辽阔的美携带着启迪
从笳管里流出　苍凉如泉水里的倒影

天空粘贴入草色　青从蓝的拥戴中脱颖而出
最终走出海拔回到原始的起点

于是　天更加蓝　草更加绿　牛羊更加壮硕
胡人的眼与须发生黑变　变成一家
繁洐为今天的音符
让腾格尔唱得无限凄迷……

种性

“仰头呼天问何罪，自恨远祖从禄山。”
——苏辙《出山》

秋后　到平泉的山野里走走
会有不一样的感受
除了不一样的水源与不一样的气流
还有不一样的土和不一样的风

土呈金色　有一种皇家的范儿
风是金风　着染了异域的情愫

原始次生林里
呈现出原始的生态与死态
连老树上的菟丝都开出了黄色的花
让人觉着　是一幅放大了的向日葵
比梵·高的向日葵还亮眼
不仅染黄了瞳仁染黄了皮肤
也染黄了心境与梦境
更重要的是染黄了我们的种性……

张　况

一颗野种对决一个冒烟时代（选段）

1

时间龟裂的卜文
显示权势的动因
那开叉走形的不规则纹路上
潜行着一条小心翼翼的阴谋

历史漏雨的扉页上
一堵开小差的围墙
包不住漆器上光鲜的命运
一团团怪兽模样的积雨云
正酝酿着假戏真做的乾坤

看吧，美貌红杏出墙
她扭动着动人的腰肢
张胆与那好色的阴谋
野合出一段冒险的风流史
为接下来即将开场的好戏
埋下一处动魄惊心的伏笔

石头上冷冰冰的火焰
像一茬漂移着的恩怨
烤焦春梦的五脏六腑
那些不断迁徙的黑暗
透过风暴遒劲的呓语
遮蔽时间惨烈的骨血

赵姬肉感迷人的三围
露出妖冶丰满的性欲
她那潮湿的裙下风光
摇曳若隐若现的魅影
将令人窒息的吸引力
搭建在爱情的拐弯处
此刻，她轻佻的媚眼
正与一位吕姓生意人
撞出一颗不伦的火花
为一段属于国家秘密的婚外情
敞开了一个巨大的合同制漏洞

时间幽蓝幽蓝的湖岸上
一颗身世另类的小野种
身上流着别人夺位的阴谋之血
发出一声抓握一切的异样啼哭
这颗名叫嬴政的风流野种
竟然在庄襄王的眼皮底下
无可选择地顺利呱呱坠地
他那散发光芒的一双小手
冒领了一张显赫的出生证
为一个诸侯国烂尾的命运
续上一截被掏空的身子骨

这个吕老板真的过分
他像吃了豹子胆似的
冒着巨大的生理风险
将传宗接代的大买卖
做到人家后宫里来了
他居然神不知鬼不觉
在庄襄王的近视眼里
偷偷撒下一把迷魂散
然后就开始明目张胆

进行着第三者的勾当
他那双偷梁换柱的三角眼
在月光下透射着幽蓝的光
没有人知道那两汪深潭里
藏着怎样不可告人的涟漪

这位挨刀的吕老板
在神不知鬼不觉间
愣让毫无戒心的老糊涂庄襄王
乖乖地脱下了头上庄重的王冠
换上自己预先为他准备的绿帽
然后像什么事也没发生过似的
躲藏在自己精心设计的阴谋里
掐算着即将要到来的丰收时节
一旦有了嬴政这颗貌似正宗的嫡传棋子
吕老板从此以后也就等于在别人的宫廷
顺利扎下了一枚属于自己血脉的软钉子

2

先秦汹涌的野蛮浪潮
淘洗着民脂民膏里肥硕的春花秋月
时间内部庞大的阵容
疯狂地吞噬着倒叙后的朝阳与落日
疯狂号叫的乱世狂风
吹倒一段阴冷的岁月
打烊后黑乎乎的史册
竟从柔媚的后宫伸出一只兰花手
试图要匡扶一截东倒西歪的朝政

表情稚嫩得老态龙钟的时间
轻轻揭开历史弯曲的缝隙后
瞬间明白了自己冒牌的身世
而历史胃溃疡夺目的创口

却在世人毫不觉察的时刻
坠入药石罔效的死亡状态
成长中割人皮肉的风霜雪雨
摈退血缘中植入骨髓的记忆
那些凝固在哭笑声中的爱抚
已然忘却了披坚执锐的亲情
无数次残酷血腥的沙场征战
磨砺出少年嬴政脱缰的霸气
那刀口舔血弱肉强食的杀伐
使他暂时忘却了耻辱的身世

暮色苍茫
群鸦泣血
那位通过非正常程序当上文信侯的吕老板
每时每刻都没有忘记自己真实的商人身份
本性中逐利与嗜血的潜质
衍生出他贪婪怕死的个性
宫廷上变态而扭曲的身影
雕塑着他一日多变的灵魂

文信侯忐忑的内心一直非常害怕
自己与太后已然半公开化的奸情
终有一天会在桃红色的光影之中
无所遁形显出真实的原形与本相
也许终究有纸包不住火的那一天
自己会落得一个非常难看的下场

冷汗泠泠
沁湿脊背
被自己孽行包裹的文信侯打了个寒战后
遂给太后吹去了一道出于自保的枕边风
他睁大眼撒下一个弥天大谎
说是有个叫嫪毐的一表人才
是一个非常合适的不二人选

该男不仅床上功夫如何如何了得
并且管保如何如何不会留下手尾
而反观自己最拿手的九浅一深
由于年岁渐长潜质衰退诸原因
也在不知不觉间开始走下坡路

这个厚颜八尺无耻之尤的男优一号
变着花样给赵太后毫无主见的性欲
猛然灌进了一阵强劲无比的枕头风
当他适时地抬出一个新的人选之后
自己就心急火燎地提起怕事的裤头
像被人追杀一般没命似的临阵脱逃
他悻悻然撤退了自己冒险的性欲后
将心目中的枕边美人撂在一边不管
他把自己风流的地下身份暂时搁置
然后躲到一个阴暗角落里临阵磨枪
在完全没进行过岗前培训的情况下
就风风火火让那位急不可耐的嫪毐
熏熏然勃起了少不更事的懵懂阳具
迅捷填补了自己撤场后留下的手尾
为自己谋算多年的色情消费找了借口
还替眼前这位任人摆布的年轻傻太后
匆匆推出一个蓄谋已久的替死鬼角色
为太后无偿提供所谓销魂的声色服务

太后文化程度不高
分辨能力自然有限
加之身边也没个知心的闺蜜提个醒
同时又欠了一根随时保持警惕的筋
一个由自己的老冤家指派的野男人
由此流着冲动的鼻血，极其迅速地
爬上自己业已布满妊娠纹的白肚皮
尽情享受云雨巫山最为亢奋的快活

这可怜可叹的死嫪毐
被吕大老板拉了皮条
泡了他文信侯的马子
居然还在沾沾自喜地发着白日大梦
并一直沉浸于自喜中傻乎乎地以为
此番已经在太后皱巴巴的白皮书上
找准了属于自己下半生的柔软享受
殊不知那竟是大错特错的虚弱幻觉
他这是被那天杀的文信侯当枪使了
却还飘飘然沉浸于虚拟的云里雾里
这哥们真可谓傻到了极点笨到了家
他这是被人便宜卖了
还在愣呵呵替人数钱

张执浩

花椒树

花椒树的叶子
在觉悟到自身的香气后
会静悄悄地落下
花椒树的主人在一旁
安静地看着花椒
由青变红
同样一棵树
以前绿油油的
现在是红彤彤的了
那一年
我过四姑娘山
满山的花椒树
正对着极乐天

橡果来到世上

恰好是我路过橡树
而不是松鼠或野猪
恰好是橡果击中了我的头
而不是另外的石头
恰好我眼疾手快
在一堆躯壳中捡到了它
我在树下揉脑袋
我在等候另外的橡果落下来

秋天过完了
我想到明天还要路过这里
而明天变成了今天
一枚橡果从必然的途中
来到了偶然的世上
恰好我们有一样的命运
我能表达
未必就是好的

无题

草木有转世的秘密路径
但在我们眼中
这些潦草的生命兀自寂灭
每天中午我都要带上我的老狗
去楼下墙角的空地上转圈
它会反复践踏那些棘草
把屎尿拉在隐蔽的位置
蝴蝶飞得慢
虫莺只闻其声
墙角边的石榴三三两两挤在枝头
我的老狗眯眼享受着
它重复来过的小日子

星星索引

回老家的目的之一是为了看星星
下了一天的雨傍晚停住了
从山上淌下来的野水裹挟着浊气
经由高粱、芝麻、红薯地汇入岩子河
蛙鸣声中炊烟格外安静
斜长的草坡上相邻的坟堆

枣树、松柏和望子草隔开了它们
我记得母亲躺进棺材时脸上搭了张草纸
我记得我躺在草坡中央把夜空盖在脸上
星星附近总有星星
而入睡前的那一颗
我确信它是我见过的最遥远的东西
就像我对现实的处境深信不疑——
人世尽头
大声尖叫却不期盼任何回音

周庆荣

数字中国史

五千年，两千年的传说，三千年的纪实。

一万茬庄稼，养活过多少人和牲畜?

鸡啼鸣在一千八百零两万五千个黎明，犬对什么人狂吠过两万个季节?

一千年的战争为了分开，一千年的战争再为了统一。一千年里似分又似合，两千年勉强的庙宇下，不同的旗帜挥舞，各自念经。就算一千年严丝合缝，也被黑夜占用五百。那五百年的光明的白昼，未被记载的阴雨天伤害了多少人的心?

五百年完整的黑夜，封存多少谜一样的档案？多少英雄埋在地下，岁月为他们竖碑多少竖在何处？阳光透过云层，有多少碑在九百六十万平方公里之外?

我还想统计的是，五千年里，多少岁月留给梦想？多少时光属于公平正义与幸福?

能确定的数字：忍耐有五千年，生活有五千年，伟大和卑鄙有五千年，希望也有五千年。

爱，五千年，恨，五千年。对土地的情不自禁有五千年，暴力和苦难以及小人得志，我不再计算。人心，超越五千年。

我们应该这样老去

——观戴卫画“九老图”

这一次，我站在画外。如果我有别的去处，我会先留下泪水。

我们一生积极向上，和谐地老去是众人的权利。假如画面的意境是世界的真实，我会独自饮酒，庆贺这伟大的进步。

年少的无知为语重心长的声音留有余地，青春的爱和血性已经让汗水证明，当皱纹和白发象征秋天的柿子，无语的成熟似乎提醒我们从此告别慷慨激昂的陈述。

其实，我愿意安静。

伙伴和爱人，我们一起老。舞台由后生们出场，我们只管胡须飘逸，各自的故事在各自的皱纹里含蓄。通泰的呼吸是人间的大道，屈就无名，我也会心甘情愿地与世无争。

但我的泪水不会这么简单，我想起那些没能够老去的同伴，想起那些被准则和法规专政的生命，想起另外一些因为忧郁和强权的打压而过早地亲近死亡的亲人，他们中间有的因为无法控制自己的心跳而英年早逝，是的，他们没有与我一起老。我们没能一边把酒，一边嘲笑所谓的功名利禄皆为空，我们抚琴焚香，吟着即兴的诗句，挥毫写下岁月的字句，有时因为墨太重，青春的浪漫成为一片糊涂。

所有的伙伴呀，我们要老就老在一块。不允许一个人由于那些力量，那些以专政的名义公然犯罪的往事，反人类却谄媚了特权的黑暗，对，不能让一个伙伴掉队。

九老图是多年以后的愿景，你们如果惧怕我们继续血气方刚，我可以庄重承诺：别担心，只要你们允许我们安详地老去，我们什么也不说，我们不审判卑劣，把它们留给报应。

我走近自己的老伴，她一直为我焦虑，怕我迷失在曾经的烟花柳巷，怕我错认了知己，雾重霜冷，爱，不能发抖。至于冰冻，我们这把老骨头早已不怕寒冷，我们准备并排躺下，一起老一起梦。从此无忧。

有远方的人

一

在荆棘中行走，男人不言痛。

只是长刺的事物在我的年代具有了丰富的技术：我热爱的真理淹没在广告中；我迷恋的忠诚和智慧，成为日常的刚愎自用和阴谋；而友谊和爱情一直坐在台下，它们在聆听欲望的演讲。

我知道的确实还更多。

荆棘划破我的皮肤，几片创可贴就行。深夜，自斟自饮，男人，不受伤。

二

不需要金灿灿的铜号，系着红布条的那种。仿佛把声音吹成冲锋，我怀念童年的苇笛，抒情的或迷茫的，一声曲调里，水鸟箭一样飞向天空，一只纸船也同时随着水流向远方。

是的，远方，我依然朴素地需要远方。

三

我们一起战斗。

学会忘记泪水，只牢记露珠。

我把全部的金钱给予慷慨，我把心交给贫寒。我的名字前面从此没有前缀，别人失去攻击我的理由，而我也从此忘却它给我的伤害。

我们蹬三轮车，做向导。我们搬砖头，给屋子砌墙。我们种花的速度比采花快，我们栽树的数量超过被砍伐的。我们播下的种子，除去被地鼠窃走的，足以让土地丰收。

四

不要以为我为了生计就可以无休止地忍耐，我只是不屑成为卑鄙者的敌人。我随便在一处歇息，一只蝴蝶、一只蚂蚁和一只蜜蜂，起码有它们会和我在一起。

那些懂我的和爱我的，他们正向我身边走来。

五

我用日常的汗水和孤独，克服了几乎全部的恐惧、焦虑和愤怒。我拒绝倒在无聊的绝望里。我每天醒来即起身，如太阳升起般从容。

我学会通过望向远方来为自己换换环境，为此，我忘了叹息。

近处的和身边的，我不会以革命者的姿态去摆脱。我画了无数地狱的草图给暴戾者和恶棍们看，我还画了红苹果和红草莓给旅行中饥渴的人。

六

寻常的日子一个接着一个。

我告诉周围的人，我不怕眼前的陷阱，因为我有自己的秘密。

我经常望向远方，而且，真的相信自己是有远方的人。

一只蚂蚁不去批判它的国家

蚁王是竞争产生的，百万蚂蚁也流不出一滴热血。所以，蚂蚁的斗争在于善于观察天气，一场被忽视的暴雨意味着生灵涂炭。

草青的时候，它四处行走，吃饭睡觉并且悄悄恋爱，最好的少女小蚁属于大王，它会认命，以劳动代替抱怨。它容忍大王的特权，因为大王不多，没有庞杂的团队，一茬又一茬的蚁事安排主要看谁能够殷实它们的仓廪。它们目光短，因为它们的生命不长。

它们像一把草籽，撒在哪里就只能在哪里顽强生长。名山大川和紫禁城这样的地方，对它们仅仅意味爬行的障碍。

它们聚拢了干粮，集体享有，它们没有贪腐的条件，蚁王先行享用被视为理所当然。

属于它们的空间其实很大，辽阔的恐惧下，它们拥挤着蚁居，没有多余的面积来存放身外之物。连一只烂苹果也会呼朋唤友一起享用，这卑微的蚂蚁式的生活，阳光里有平凡的空气，只要人或者其他庞然大物不随意践踏，它们就不担心死于非命。日子在忙碌中过去，有关丰碑，也许一两只蚂蚁会爬上去，而风一吹，它们就飘回地面。

我至今没有听到蚂蚁批评过它们的祖国，甚至怀疑它们是否会叹息。今天下午阳光大好，我看见一队蚂蚁在一条泥路旁行进。

周占林

回故乡

山路，在草丛中逐渐消瘦
像我回乡的心情被世俗的杂事挤满
远处的大山
却依旧高大无比

风指挥野草挥舞的手臂
抚慰我麻木的脚步

我坐在童年玩耍的石头上
却无法静思
沧海桑田
唯独这无言的石头
对我的故乡不离不弃

故乡不是一个简单的词语
是一个人终其一生
无法忘却的记忆

苇子坑儿

方圆三十平方的洼地
生长着一片茂密的芦苇
清清的溪水
倒映着我的童年

苇子坑儿
是我少年时作文里
用那芦苇编织的一张张小凉席儿

一片青翠　一池清澈
这一切都与金钱无关

如今，那片芦苇不见了
那池清水不见了
那一团回乡的热情也被风吹淡了
只有从煤窑深处流淌出的黑水
依旧平稳　缓缓

石磨

石磨是我小时候最深刻的记忆
那时，我的童年是
开满洁白梨花的南坡
冬暖夏凉的土窑
石磨边小小脚印画的圆
还有　一年四季红薯的清香

石磨安置在我家最老的窑洞深处
洞门口的锅台
能最早听到面粉的声音

年幼的我们比牛马还要欢实
每转一圈
仿佛看到鏊子上
已经翻身的一张张烙馍
饥饿的胃
比瘦弱的身体还要大

如果一年能在磨道里多转几圈
会比在学校得到一张奖状
更加幸福

南坡儿

我的亲人们用质朴的方言
给大龙山的背阴
起了个小名
一坡儿的花花草草
和我一样在那里玩耍

南坡儿悠闲的羊群
是我儿时最好的游戏对象
它们翘起尾巴的一瞬
我的羊屎蛋儿篮子
会跳起狂野的舞

很多时候
真想把小手伸进羊的肚子
扣出来大把大把的羊屎蛋儿
快快把篮子装满

然后，用小小的石子
走十二窑儿
饿肚子的童年
那黑黑的小圆蛋儿
却留下一颗颗沉甸甸的快乐

朱　零

在云南看云

在云南
眼睛的好坏
并不重要
云南离云是那么近
你甚至可以随手拉过一片
来嗅一嗅它的芳香

你可以用眼睛
随心所欲地
移动一些云彩
你可以用眼睛
把它们变成
你想要的各种形状
云南的云
就像一群听话的绵羊
躺在你的眼睛里
温柔得
让你心醉

一些云
飘过大理　飘过迪庆
飘到西藏和四川去了
那些云
你可以用眼睛
把它们唤回来
你甚至可以说

等一等　请等一等
请把我的眼睛
也一起带上

鱼在厨房里喊痛

鱼在厨房里
长大了嘴
它不是在呼吸
它在喊救命
鱼在一把刀子前
摇头摆尾
它不是在献媚
它在喊痛
一双老手把它摁在砧板上
鱼瞪大了眼睛
它不是好奇
它是害怕和绝望
面对杀鱼不眨眼的
刽子手
鱼在心里
骂他的十八代祖宗
并许下心愿：
愿下辈子我为刀俎
你是鱼肉

想起多年前爱过的女人

这是一个多年前
未曾预料到的结局
晴晴的眼睛大　头发黑
对我好

晴晴不漂亮
晴晴是个好女孩
我爱上了她　说让她幸福
那时我年轻
不懂幸福的含义
便整天让她笑
晴晴一直对我好
后来　另一个女人走了进来
成为我和晴晴共同的朋友
再后来
晴晴一个人离开了故乡
谁也不知道她去了哪里

西湖醋鱼

杭州醋　西湖鱼
绍兴老酒　香扑鼻
肉嫩
微甜
些许毛刺
些须麻烦
呸　呸　呸
吐了一地
鱼刺

在重庆
也吃了一回
西湖醋鱼
死辣　咸　黑乎乎的
旁边一对小青年
吃得甚欢　我这里
呸　呸　呸
吐了一地
辣椒皮

图书在版编目（CIP）数据

中国诗歌2014年度诗选 / 李犁，周占林主编．-- 北京：线装书局，2015.4
ISBN 978-7-5120-1791-7

Ⅰ．①中… Ⅱ．①李… ②周… Ⅲ．①诗集－中国－当代 Ⅳ．①I227

中国版本图书馆CIP数据核字(2015)第067345号

中国诗歌2014年度诗选

主　　编：李犁　周占林
主　　办：中国诗歌万里行组委会　《华语诗刊》编辑部
责任编辑：曹胜利
出版发行：线装书局
地　址：北京市西城区鼓楼西大街41号（100009）
电　话：010-64045283　64041012
网　址：www.xzhbc.com
经　　销：新华书店
印　　制：北京毅峰迅捷印刷有限公司
开　　本：880mm×1230mm　1/16
印　　张：21.5
字　　数：278千字
版　　次：2015年4月第1版第1次印刷
印　　数：0001-3000册

定　　价：49.00元